全民微阅读系列

U0514150

寸草心

飞远 著

江西高校出版社
JIANGXI UNIVERSITIES AND COLLEGES PRESS

图书在版编目（CIP）数据

寸草心 / 飞远著 . -- 南昌 ： 江西高校出版社，
2024.1
（全民微阅读系列）
ISBN 978-7-5762-1438-3

Ⅰ . ①寸… Ⅱ . ①飞… Ⅲ . ①小小说—小说集—中国
—当代 Ⅳ . ① I247.82

中国版本图书馆 CIP 数据核字（2021）第 101486 号

寸草心
CUN CAO XIN

出 版 发 行	江西高校出版社
地 址	江西省南昌市洪都北大道 96 号
总编室电话	（0791）88504319
销 售 电 话	（0791）87919722
网 址	www.juacp.com
印 刷	永清县晔盛亚胶印有限公司
经 销	全国新华书店
开 本	700mm×1000mm　1/16
印 张	14
字 数	234 千字
版 次	2024 年 1 月第 1 版
	2024 年 1 月第 1 次印刷
书 号	ISBN 978-7-5762-1438-3
定 价	58.00 元

赣版权登字 -07-2021-662

文化自信从读写开始

杨晓敏

近年来，随着互联网技术的不断推广升级，现代信息技术已充斥各行各业。微博、微信、微小说、微电影，各类"微"产品，以网络阅读、手机阅读、电子器阅读、光盘阅读的形式，进入大众视野，但这种碎片化、快餐式的电子阅读，仅仅可以作为传统阅读的一种有效补充与辅助，却不能完全代替传统阅读。

我国经济建设的腾飞，刺激并带动着文化事业的极大进步，而文化软实力的增长，又为经济跨越式发展提供着强势的智力支持。正是这种强有力的智力支持，慢慢建立起我们的民族文化自信。

学习的基本途径就是阅读。一个人的阅读力量，决定个人学习的力量、思考的力量、实践的力量；所有人的阅读力量，决定一个民族文化的力量、精神的力量、创新的力量。伟大的中华民族复兴之梦，要靠全国人民共同来缔造实现。提高全民素质，提升全民文化自信，繁荣民族文化，从阅读开始。

为了提高全民素质，建设书香社会，政府正采取一系列有效举措，营造阅读环境，倡导全民阅读。譬如开展读书日、读书月活动，一些省市地区通过整合全民阅读资源，打造了一批有广泛影响力的全民阅读"书香"品牌；还有些地区成立"农家书屋"，送书下乡，让书香墨香飘进寻常百姓家。

作为近三十年才成长起来的一种新文体，小小说的质朴与单纯，简洁与明朗，加上理性思维与艺术趣味的有机融合及其本色和感知得到、触摸得着的亲和力，散发出让青少年产生浓郁兴趣的魅力。小小说是一种新文体的再造，那些优秀的小小说作品，是智慧的浓缩和凝聚，是一种机巧的提炼和展开，小小说是训练作家的最好学校。小小说贴近生活，紧扣时代脉搏。大千世界，瞬息万变，小小说能以艺术的形式，不断迅速地反映生活热点，传导社会信息，是开启社会生活的一扇窗口。小小说可以培养青少年的想象力，让他们展开飞翔的翅膀。近些年来，大量小小说编入高考作文，入选各类优秀阅读丛书，正为越来越多的年轻读者所喜爱，显示出它强大而茁壮的生命力。

北京辰麦通太图书有限公司提供的《全民微阅读系列》图书，至今已编辑策划 200 多册。它以全力助推全民阅读为宗旨，以务实求精的编选作风，为读者精心遴选了大批风格各异的小小说佳作，引领读者步入美好的阅读丛林。

北京辰麦通太图书有限公司有着具有超前市场运作意识的优秀团队，在图书出版过程中，不但追求内容的丰富多彩，在装帧设计方面，也力求超凡脱俗。在众多中国梦新时代文学丛书系列中，它像一朵充满朝气与活力的奇葩，正逐步形成自己恒久的品牌和名牌效应，为提升全民文化自信、实现中华民族伟大复兴，增砖加瓦。

杨晓敏，河南省获嘉县人，生于 1956 年 11 月。河南省作家协会副主席、河南省小小说学会会长。曾任《小小说选刊》《百花园》主编 20 余年，编刊千余期，著述 7 部、编纂图书近 400 卷。

目　录

暗　示

他是讽刺我、注意我、在乎我，还是在暗示我向他看齐争第一。我心里像打翻了五味瓶。从此，我暗中发誓一定不要输给他，下次必须争回我原来的第一。

上课前，初三（3）班教室里嘈杂一片。

有些同学围着后面黑板看着议论着。

教室窗外骄阳似火，蝉鸣声此起彼伏。

"肖勤，课间把座次表写好，给我。"门外传来班主任赵诣老师洪亮的声音。我急忙合上班长每天都要记的情况记载本，跑到讲台前。我扫视着每一个座位，迅速而工整地写着每一个名字。

咦，我很习惯地注意到在我后排坐了三年的李俊，他的座位还空着，他怎么没来？我想他是不是又去游泳了，被老师罚了在操场石头语录牌上趴着晒干衣服才让上课。他是副班长，要带好头呀！

向飞飞，他的同桌，一个扎着羊角辫，皮肤白皙，丹凤眼的女孩，是我们班的体育委员，跑起步来和飞一样快，经常在运动会上为我们班拿名次。

陆小曼，整天慢条斯理的，厚厚的嘴唇啃着一个馒头总是从上学啃到放学。

突然，后门砰地开了，只见穿白衬衣的他气喘吁吁地抱着一大堆奖品和奖状大步走了进来。

同时，赵老师从前门健步走进教室，师生互相问候之后，他以他一贯洪亮圆润的声音宣布优秀学生排行榜：第一名，李俊，第二名，向飞飞……第八名，肖勤，并上台领奖。

当我拿着奖状回到座位的时候，李俊习惯地两手提起他的白衬衣领子往肩后倒，英俊的脸上露出得意的笑容。在我身后，他的嘴几乎贴近我的耳朵诡秘地说："我们又并列了。"

我蓦然回头，看到教室后面的黑板报上的成绩排行榜，李俊第一，写到第七名后就转到第一行来写，第八名是我，正好写在第一行和他并排，我无言以对。

他是讽刺我、注意我、在乎我，还是在暗示我向他看齐争第一。

我心里像打翻了五味瓶。

从此，我暗中发誓一定不要输给他，下次必须争回我原来的第一。

每天早晨，在学校 400 米跑道上，留下我的汗水和脚印。

在操场上，我隐隐约约听到助威声"加油、加油！"我实在是跑不动了。我心里憋闷，上气不接下气，脚在地上拖得抬不起来。这 400 米太难跑了。李俊见状飞跑过来，经过沙坑时崴了脚。向飞飞接着一个箭步冲过来，在我前面一步带着我跑，一边喊着"坚持、坚持"，最后我终于第一次达到体标了。

当夜深人静，别人酣然入梦，对于我三更灯火五更鸡，正是我读书时。

在英语课堂上，赵老师赞扬道："肖勤同学的英语日记越写越好，我来给大家念一下。"

"我可不会像她那样废寝忘食，连排队、等车都在背单词，什么都精益求精。"陆小曼不知是佩服还是不服气地说。

在作文演讲会，李俊看完我的作文打趣地说："等你浮想联翩想完雷锋、王杰、董存瑞、刘胡兰，都该下课了。""下篇作文我写你吧？"

"写我干吗？！"我不假思索地说。

　　功夫不负有心人，每个人正走在自己梦想的路上。

　　最难忘那次班会，唱个《祝酒歌》吧！这是课前赵老师总让唱的，在整齐而悠扬的歌声结束后，班主任很骄傲地大声郑重宣布："肖勤和李俊成绩并列第一，肖勤荣获市三好学生。"班上有的啧啧赞赏，有的窃窃私语，接着传出哗啦啦祝贺的掌声……

　　我看到了李俊脚上的绷带，一切都明白了。

　　我想这个市三好学生的荣誉应该属于他！

爱

一桥对着樱花树说，飞雪你知道我为什么没带你一起走吗？因为我爱你，就不想难为你。我当时是憋着一口气走的，不成功不回来。可如今我成功了，你人却不在了……

上大学一年级不久，一桥便喜欢上了同班女同学飞雪。

在一桥眼里，飞雪具有其他女同学没有的稳重、成熟。她的聪慧、才气和美丽曼妙姿容，让他觉得她远远超过了许多影片中的明星。

可以说，飞雪已经是他心目中的女神了。

而飞雪也喜欢上了一桥。闲暇时，两个人经常漫步在校园。被同学称为"数学家"的一桥，在散步时为飞雪讲解数学题，让飞雪受益颇多。

春天到来时，两个人一起合种一棵樱花树作纪念。

时光荏苒，岁月流水一样过去了。经历了阳光雨露，他们当年种下的树，已经茁壮成长。又值春暖，樱花开放，一簇簇挂满枝头，团团的一层又一层。一桥站在树下，忍不住轻轻地抚摸它，柔软如江南的丝绸一般，他感觉飞雪就像这如雪似云的美丽樱花。即将告别大学校园生活，樱花树下留下了他们多少美好而又青涩的记忆啊……

那天，春寒料峭，一桥一只手撑在那棵已长得粗壮的樱花树干上。飞雪倚着树干，一桥凝望着她，她如瀑布的长发随风翻涌着，点点阳光在黑发上跳跃，犹如一片流动的镶嵌着点点金沙的墨色云母碎片。一桥对飞雪说，以后，无论天涯海角，我们都要天天在一起！

飞雪仰脸看着一桥，脸颊像樱花雪白中泛起红晕，心潮像初绽的花瓣泛起朵朵微波，两双对视的眼睛中都有了对方。她把他另一只垂下的冻得冰凉的手握起，放进她胸前的棉衣里，顿时，一种从未有过的温暖幸福流遍一桥的全身。就在那天晚上，学校外面的一家快捷酒店里，这一对年轻人把彼此交给了对方。

又一天，还是在老地方，满脸兴致的一桥看见飞雪手里残缺不全的两张电影票，一切都明白了。他想到那天他去邀飞雪看电影时，被她妈妈拒绝在她家门外没让进门的情景，电影票是飞雪她妈撕坏的。

飞雪妈从一开始，就看不起一桥这个相貌不出众，家境又穷的农村小伙子。

有一天，飞雪妈拿着一桥写给飞雪的信，气势汹汹地找到一桥，质问一桥在信里还写什么"一桥飞架南北，天堑变通途"，真是癞蛤蟆想吃天鹅肉呀！她告诉一桥，让他死了这份心吧，只要她在，一桥就永远别想进飞雪家的门！

一桥听完飞雪妈的话后，自尊心受到极大伤害。他双拳紧握，恨恨地走开了。飞雪见到一桥解释说，她父亲在她很小时就去世了，妈一个人带着我过日子，很不容易，她是穷怕了。

后来，飞雪妈为了阻止两个年轻人的交往，在女儿大学旁边租了房子住下来，监视飞雪，阻止飞雪和一桥见面。

毕业典礼那天，一桥托同学交给飞雪一张纸条，上写：雪，我去创业，等我回来！飞雪扔掉纸条，疯狂拨打一桥的手机，手机号码成了空号。

飞雪无心参加毕业典礼，朝那棵樱花树跑去。背靠樱花树，飞雪默默地坐了一下午。飞雪的眼泪扑簌簌地滑过双颊，无助的眼神凝望着远方，她的心渴望和树上的鸟一样自由飞翔……

从此，飞雪变得每天都无精打采，目光呆滞，像祥林嫂那样，天天重复着一句话。心情苦闷，日久生疾，飞雪患上抑郁症。

终于有一天，当飞雪妈打开门回到家时，才发现飞雪已带着怨恨和绝望结束了她年轻而灿烂的生命。

几年后，成功后的一桥，从南方一个城市飞回，当他知道飞雪已去了天堂，便抱着那棵樱花树捶胸顿足、悲痛欲绝。

一桥对着樱花树说，飞雪你知道我为什么没带你一起走吗？因为我爱你，就不想难为你。我当时是憋着一口气走的，不成功不回来。可如今我成功了，你人却不在了……微风吹过，花瓣徐徐凋零，哀思阵阵袭来，泪水再次涌来。

一桥再次离开这个伤心的城市。离开时，他把患了精神病的、满大街疯跑的飞雪妈也带回南方城市。

一桥把飞雪妈送到一所精神康复疗养中心治疗。节假日，一桥经常来探望，搀着飞雪妈在阳光下散步。

我的大学

明老师眼含笑意，意味深长地说："你们是我的大学发展的见证人，它的地位现在已经提升了，欢迎你们的子女走进我的大学。"

"喂，是兰子吗？我是梅子，还记得我吗？你的大学同学。"

"哦，我听出来了，都多少年没你的消息了，是明惠吵，什么梅子。"

"你忘记了，上大学时，我们四个结拜姐妹，梅、兰、竹、菊，这次请你来参加二十年后再相会同学聚会。"

在豪华的五星级宾馆，映入眼帘的是电子大屏幕上的"我的大学正辉煌，二十年来梦成真"。

走进我们的包间，已听到三个一群，五个一堆地说着、聊着，谈笑风生、热闹非凡。见我进去，有的目光转向了我。我第一个注意到的是穿着黄色雪纺纱蝙蝠袖上衣，黑色一步裙，脚蹬两寸高跟皮鞋的女士，她杨柳细腰，发髻高盘，看起来年轻高雅时尚，我定神半天没认出来。梅子拉着我的手说："你怎么才来，你还想不起来吗？她就是竹子。我们在沙发上坐着慢慢聊吧。"我们三个你一言我一语聊开了。

"我们四个就差菊子。我知道，我和她是闺蜜。在毕业那年，她爱上了本校行政楼的一个干部，爱得死去活来。她还说要我别和她抢，那样她会受不了。其实我压根就看不上他。"

"听说他俩准备到外地去结婚，结果男方家庭不同意。后来她大概得了相思病，还住院治疗，时好时坏。本来大学毕业已分配到一个待遇不错的高校去任教的，她大学读成这样了，可惜呀！据说又出院了，但一直不能胜任工作。"

我挽着竹子的胳膊说："你是我们班最伶牙俐齿的，每次演讲会你都是唇枪舌剑不服输。还给不少同学起绰号，那次看完《骆驼祥子》电影，我就变成'祥子'了。说说你吧。"

"就凭她的三寸不烂之舌，她已经把她的中草药植物养生经营推销得红红火火，看她的身材和气色，都是吃鲨鱼油吃成的，生财保养有道啊！"梅子抢过话头。

"你呢，我们的大才女，学习委员，英语科代表，有人在你的毕业纪念册上写'智慧的星光让你不断向前'，你不会让我们失望吧！"竹子对我挑战似的说。

"唉，在高等院校工作的现在都是博士啦，像我们这种专科生哪里待得下去，所以说我的大学在不断地继续。我考了两年研究生，都是英语差得太远，当初被同学们奉为英语女神的我，迎着长江后浪推前浪，还是被拍死在沙滩上。"

"这条路很苦啊！兰子还是那个性格。"梅子看了看竹子说。

"还有一条大学路更苦，要不是我老公支持我，我差一点就放弃了，那也没有我今天的副教授职称。我搞了两年的本科自学考试，最难是高等数学，几本书都翻烂了。和我一起考的好几个人都是找人代考的，还有数学老师都只考了 50 分没能通过。我考了第四次，终于得了个良好，把数学也差不多学通了。"

"童鞋（同学）们！"这时我们班头群主边说边拿着本画册翻开

给大家看，"我现在向大家隆重地介绍我们班的一位画家，毕业后他又在一所大学继续深造，勤学苦练国画艺术，获得了硕士学位，开办个人画展，搞得风生水起。今天他特带来了他的两本出版画册，免费赠送。请大家一睹为快，数量不多啊。"

"不少人体写生咧，好猥琐。"有人说。

"恰恰相反，人体，作为'有机体中最和谐、最匀称、最有活力的生命'，是青春的赞曲，是生命之诗，是人类的花朵。"画家说。

有人抢着收藏了。我喜欢美术，想得到一本，已经没我的份了。

不一会儿，有人提议，我们班珠联璧合的搭档跳一曲华尔兹《皇帝圆舞曲》。

音乐响起，我们仿佛回到了毕业联欢会上，看到他们当年惊艳四座的舞姿，沉浸在华尔兹之王约翰·施特劳斯轻快优雅的交响诗篇里。酣畅淋漓的旋转舞步中，我们体验着一个亘古不变的人生主题——爱。

有人在喊："我们清秀的舞蹈王子，今天你没戴校徽呀？当年你每天上学都用衣领把第一个字遮住，冒充名牌大学。"在座的哄堂大笑。

"大家好开心啊！"此时，我们班最大的官"市政府发言人"，绰号"生活的颤音"带着我们的班主任明老师大步走了进来。同学们全体起立，笑容可掬，他指引老师到豪包餐桌就座。

明老师音容不减当年，举杯为同学们祝酒说："甘做绿叶，争当红花是我们的班训，那就是默默无闻的奉献精神。"梅子接口道："二十年前我以我的大学为光荣，二十年后我们谁成为红花了，你以我们为骄傲吗？"

　　"当然，梅、兰、竹、菊是中国人感物喻志的象征，被人称为花中四君子。"明老师眼含笑意，意味深长地说："你们是我的大学发展的见证人，它的地位现在已经提升了，欢迎你们的子女走进我的大学。"

　　全体响起了哗啦啦的掌声……

书中信笺

从此，在那醉人的春夜，总能看到小辛和兰兰在林间散步的身影，他们谈理想、追求和未来。在初春的寒夜，他把她凉凉的手握住放进他棉衣暖暖的口袋里，他对她说，我要让你一辈子幸福；她回一句，我对你铁了心了……

小辛来到行政楼，他本来在五楼绘图室作图晒图，却不住地往二楼一间办公室里望，他在看那女孩，他想送她一本书，他想对她说一句话。

一次、二次、三次……经过门口，他都没勇气张口。女孩对面坐着A科长，女孩在稿纸上抄写东西，他见她低垂的眼帘，长长的眼线，希望却又害怕她的大眼睛会猛地抬起盯上他。他不自然后退两步，发现她仍姿势优美地在书写，他舒了口气……

女孩名叫兰兰，自从去年夏季她大学毕业分配到行政楼的职能部门工作以来，引起了一群小伙子的注意，小辛就是其中之一。A科长见她年轻，爱学习，善于接受新知识，就派她去参加计算机语言培训班，正巧小辛也在之列。小辛天天坐在这个扎黄蝴蝶花马尾辫的女孩后排，她常常扭过头去问他一些不懂的语言符号和程序，但他从来没敢正眼看过她一眼。

现在他是来给她送一本诗集的，他认为像她这样如沐春风一般的女孩一定是喜欢诗的。于是他像一个很懂诗的人一样在图书馆借了一本泰戈尔的《飞鸟集》。

在办公室门口，他把整整齐齐地放在书包里的《飞鸟集》小心翼翼地拿出来。他其实也没抬眼看她。他把事先想好背了几遍的话忘得一干二净，却冲口说出一句："这本书对你有好处。"

她恭恭敬敬地收下了这本好书。她把这本对她有好处的书，天天上下班都背在包里去赶公共汽车。那些时候，她利用所有的空闲时间包括在车上，来攻读这本好书。她最喜欢的诗句之一是："鸟儿愿为一朵云，云儿愿为一只鸟……"

但他发现其实她并不爱读诗，而是喜欢照相。他想大凡长得漂亮女孩都有这个特点。

为此小辛选修了一门摄影技术课，并特意订了一本《摄影》杂志来学习鉴赏。

一天，他看到杂志封二上刊登了一篇摄影小说，图文并茂，很是好看。教工宿舍的室友也是个摄影迷，他对小辛说："去找一个美女，我们也一起来拍一个。"

小辛向室友推荐了兰兰。兰兰高兴地把这事告诉了闺蜜。她兴奋地把上大学时买的最喜欢的那本上海文艺出版社出版的《微型小说选》，翻了一遍又一遍，选择了吴金良的那篇《醉人的春夜》。

兰兰和闺蜜一起来到了教工宿舍103房间，不巧小辛的室友外出有事了，只有小辛一人在屋里。兰兰的闺蜜便把夹着纸条的那本小说选递给了他说："你们不是要拍摄影小说吗，这是兰兰提供的好故事。"

走出寝室，兰兰的闺蜜对着兰兰耳语："这个小辛才貌都不错，还是研究生毕业呐……"兰兰脸红着没作答。

几天以后，在上班的路上，兰兰听见身后一串清脆的自行车铃声，是小辛。他从衣服口袋里拿出那本《微型小说选》还给兰兰说："给你，书里有东西。"

在办公室，趁人不注意时，她翻出了书里的东西。原来是一纸信笺，上面工工整整但不流利的笔迹：兰兰，你好……你聪慧好学，美丽端庄，风度素雅，是我理想中的伴侣……盼音者：小辛。

兰兰又惊又喜，在脑海中搜索对小辛的记忆。办公室大姐走了进来，兰兰紧张得没能仔细看，就把信笺藏了起来。

从此，在那醉人的春夜，总能看到小辛和兰兰在林间散步的身影，他们谈理想、追求和未来。在初春的寒夜，他把她凉凉的手握住放进他棉衣暖暖的口袋里，他对她说，我要让你一辈子幸福；她回一句，我对你铁了心了……

"鸟儿愿为一朵云，云儿愿为一只鸟……"他和她一起朗诵泰戈尔诗句的柔和声音在林间回旋。

夏天的晚上，小辛来到兰兰宿舍303房间玩，他在书桌下面点上蚊香，就坐下随手翻看她桌前的一排书籍。他欣喜地抽出那本《微型小说选》，发现里面有一纸信笺，他左右望望，听见兰兰还在里屋洗衣，就瞥了一眼信的内容：……我在国外生活不适应，常常肝区疼痛，学业也很艰苦，需要人照顾……盼你能来。

这时，兰兰过来，一下坐到他的腿上，扑到他的怀里。他一把推开她说："你还是去找他吧！"兰兰诧异的眼神望着小辛。她看见他手上的一纸信笺，明白了。

她解释说："写信者是我刚工作时A科长给我介绍的男朋友——一个留美学生。那是两年前的事了，留学生和我见面后一个星期就要出国。A科长就给了我一个到北京出差的机会，我同他一路坐火车，把他送到了北京机场，从此，他就飞到了太平洋彼岸的美国……"

小辛追问："后来你和他？"

兰兰闪着明亮美丽的大眼睛望着小辛疑惑的目光答道："虽然他留学美国，虽然他得到公费，虽然他拥有八大件……但那不是我想要的。

温存的性格，优良的人品，日夜的厮守对我才是重要的。"

"那这信是怎么回事？"

"这信是他写给单位，让转交给我的。我认为，婚姻大事，没有三年的了解，岂能仓促订终生？"

小辛起身就要离开，把一纸信笺丢给兰兰，边说："你还是和留学生一起去吧，和他一起生活，去照顾他。我有什么？我能给你什么？"

兰兰眼里滚出泪水，手中信笺滑落在地……

同桌的你

这本书一定不是你的，我给寄书人发了信息，却没想到收到一句"吴思为救落水小孩已经走了。"

当我收到你给我寄来的书时，我从封面翻到封底，从首页翻到尾页，每一页每一个角落我都看遍了，我都没发现你的一点点笔迹和你的名字。我轻轻呼唤你的名字——吴思。

这本书一定不是你的，我给寄书人发了信息，却没想到收到一句"吴思为救落水小孩已经走了。"

我不相信自己的眼睛，不会的，不会的，你不会离去，你一定还活着。我翻出了当年的同学录，掉出一片红枫叶标本来，那是你送我的，火红火红的颜色依旧鲜艳。叶子旁边是你有棱有角的字迹："天行健，君子以自强不息。地势坤，君子以厚德载物。"泪水扑簌簌地落到了你的名字上。

我一定要去送我的老同学同桌最后一程。

我登上早班飞机，不远千里飞向南方你的家乡。

望着茫茫云海，耳边响起飞机上播放的《同桌的你》："……你也曾无意中说起，喜欢跟我在一起。那时候天总是很蓝，日子总过得太慢。你总说毕业遥遥无期，转眼就各奔东西……"就像几年前你在对我唱。

婉转轻快的旋律此时在我心头无比沉重，同窗往事涌上心头……

　　记得大学毕业那年你在我家阳台下叫我的名字，你还是穿着你喜欢的那件白衬衣，腰间靠着辆飞鸽牌自行车，等我下楼。我爸爸先去和同学们问好打招呼，爸爸对我说的一句话我至今记得很清楚："好英俊的小伙子，他怎么会和你做朋友？"

　　你让我坐在车后座板上，带我一起去看望班主任老师，你问我信收到没。你说你喜欢那片红枫叶，像我一样美丽热情，独一无二。而你却是"铁打的营盘，流水的兵"，还不知道会漂流到哪里？你愿我一生有一个理想的伴侣。当时，街边一个沟坎，颠簸得我险些掉到沟里，我本能地紧抱你的腰间……

　　记得那天天气闷热，你奋力踩车，车后还用绳子拖着一辆另一个女生骑的车。长途跋涉后，你渴得一口气喝了一瓶汽水，满头大汗，借着热乎劲你紧紧地拥抱了我。

　　还记得那次秋游吗？我们约好去山上野炊。那一夜我都没睡安稳，眼望着东边怕下雨。直到看见瑰丽的朝阳冉冉升起，彩霞似缕缕金丝浮游中天时，我欣喜若狂，你已静候在我的家门口。

　　秋天的山野丝丝凉意袭来，秋风沙沙吹得树叶似彩蝶飞舞，落了一地金黄火红的枫叶。你捡来山上的石头围搭成炉子，我拾起枯枝败叶当燃料。你拿出你爸爸部队发的军用水壶，我用上妈妈卫生所的医用酒精点燃了蓝蓝的火苗。不料一股旋风起，火舌腾出燎到我的衣裙，你抛出的灭火的水壶滚到了山下，你额头从此留下了一道烧伤疤。天公作美，山中下起了雨，像蒲公英一样纷纷飘落，浇灭了张牙舞爪的火势。你把白衬衣脱下披到了我瑟瑟发抖的身上……

　　想到这，不觉飞机开始下降了，你的村庄渐渐出现在眼前。

　　我知道你家人都叫你柱子，你妈说你是全家人的支柱和希望。

　　你总是步行十几里曲曲弯弯的山路去上学，省下的车费资助有困难的同学。

可是，在一次长跑体育达标测试中，你为我伤了脚。在校园操场曾经留下我们脚印和汗水的长长跑道上，由于我从小心动过速，在400米长跑中我跑着跑着，心慌难受，气喘吁吁，腿抬不起。你见状飞跑过来沿着跑道在我前方带着我跑。我终于到达终点，可我眼前一黑晕倒在地，是你把我送到校医务室急救过来。

难忘那次班会，当班主任宣布我和你成绩并列第一，我荣获市三好学生时。全班都齐齐地扭过头去看着你，哗哗掌声一片……

看见你骨裂的脚缠着厚厚的绷带，我明白这荣誉应该属于你！

大学毕业后，你不留念我爸爸给你联系的高薪工作，邀我一同去南方，坚守祖国的最南端。我陪你去看到了蔚蓝色的海洋……

轰隆一声响，飞机呼啸落地，打断了我的思绪。

秋雨被秋风护送着，在天空呜咽飘洒，像泪水一样，跟随着一里多长送葬的人群流淌。

我看见了被救起的孩子和他爸爸惊魂未定的样子。

看见你妈妈，我泪水涌出，我叫了声："阿姨!"阿姨见到我抱头痛哭，几次晕厥过去。她喊着你的乳名："柱子! 人是好，没了! ""柱子，我做梦都想你娶上她这样的好媳妇，可人没了……"

几天以后，我又去看了蔚蓝的大海，去往你坚守的祖国最南端。途中我又收到了寄书人的短信："一个勇救少年的英俊青年在河下游被人救起，紧急送往了医院抢救，已经脱离危险，他的名字叫吴思……"

庐山恋歌

那天，在候场期间，我发现了意外的惊喜，我见到了小 A 啦！他刚从美国作博士后回国，到庐山从事风景园林方面研究的。我们共同的话题仍是对庐山一草一木，一山一水那深深的恋情。

我小的时候，妈妈对我说，等你读小学三年级的时候，带你去看"仙人洞"。"仙人洞"？那是我多么向往的一个仙境啊！

到我上大学的时候，电影《庐山恋》上映了。我和女同学们，还有个男生小 A 一起怀着很期待的心情去观看。我们观看后大饱眼福，耳目一新，如痴如醉。

影片中女主角的四十多套服装，引领了时代潮流。男女主人公流利漂亮的英语和女一号不断变化的时髦服装让人们尤其是年轻人充满了向往和崇拜。

影片让我们饱览了庐山一年四季"春如梦、夏如滴、秋如醉、冬如玉"的美妙景色，仿佛跟随一位出色的导游，漫游于匡庐山水之间。影片没有剑拔弩张的戏剧冲突和斗争场面，我的思绪随着片中人的思想、情感泛起波澜，融入了其中的人情、风光和故事。

于是乎，我和女同学们模仿女主周筠的服饰设计画图，买了布料。相约到街上的裁缝店做起流行衣裙来。

我的那件碎花连衣裙做得最成功了，简直可以以假乱真了。

大学毕业那年暑期，同学们相约去大美庐山一游。在那个盛夏闷热的晚上，我们都急切想逃离这火炉城市，到心目中凉爽的神秘仙山上去。那晚小A递给我一本庐山旅游攻略书说，里面有东西，就飞也似的跑掉了。从书里掉出一纸信笺，女同学们抢着看到：你是我理想中的伴侣……

第二天天不亮，我们一行人便开始了为期一周的庐山之旅。

满怀憧憬，天蒙蒙亮我们就到了庐山车站，迫不及待地想立马上山。等待的时间是漫长的，小A在我面前摆出一个万能博士的样子，把他在书上看的熟背了一通。他说，庐山是一座千古文化名山……正如宋代大文豪苏东坡诗云："横看成岭侧成峰，远近高低各不同，不识庐山真面目，只缘身在此山中。"

讲着讲着，同学们都不翼而飞了，只剩下我与小A两人啦。

傍晚，小A约我绕湖漫步。白天的疲惫燥热消散殆尽，感觉神秘而美丽。庐林湖的诸多的传说都围绕着神秘的光芒。

第二天，午后的太阳有些火热，连避暑胜地也难逃太阳的炙烤。我们边聊边不停打听去仙人洞的路，有了伴的路再长不觉得累，虽远犹近。

我十多年的愿望就要实现了。见同游者都挤往洞口观看，洞中央供奉着一尊石像，导游便解释说："这里供奉的是八仙之一的吕洞宾，传说他就是在这里修道成仙的，每当云雾缭绕之时，洞内就会仙气飘飘，令人神往。"其实，我真正想了解仙人洞的是伟人毛泽东所颂扬的"天生一个仙人洞，无限风光在险峰"。这也才是仙人洞名扬四海的真正原因。小A抢着为我在写着"仙人洞"三个字的月亮门前拍照，美哉呀！在仙人洞旁边就是御碑亭，亭子内有朱元璋建造的石碑一座，保存至今已经有600多年的历史了。

我不禁感叹，庐山既是山水名山、古迹名山，又是文化名山、政治名山。不，它是一部鸿篇巨制，没人读透的大书。

又是一个旭日东升时，曲折而来又蜿蜒而去的长冲河畔，一幢造型别致，风格不同的西洋别墅，躲在密密的林荫里。这幢别墅是1934年英国的巴莉女士赠送给宋美龄的礼物，后来一直是蒋介石夫妇的夏季避暑官邸。当年在这里曾出炉过许多令世人瞩目的事件……这些都给小楼披上了扑朔迷离而又极为诱人的面纱。从历史的遐想中方醒，此刻小A说，诗一样的庐山确实很美，而诗一样的生活和明天诗一般的梦想不是更美吗！可惜已是傍晚，远天把薄薄的暗纱，悄悄地洒在我们的周围。

随着一路游走，我们悄然看到在路旁有一家电影院，广告牌上写着"庐山恋"三个字，这道靓丽的风景，让我们求之不得。我上前询问得知，每天只放映《庐山恋》，每两小时放映一次。我们交换了眼神，心想，置身于庐山，回忆着美景，再接着观看《庐山恋》，更有一番情趣在其中。只可惜要追赶我们的同行队伍，只好放弃了。

……

十年以后，我女儿也九岁了。我丈夫作为地形地貌勘察的专家被邀请到庐山考察，我作为园林植物专业的老师上山采集标本。丈夫自驾越野车，我们一家上山啦！

从山底到山上的宾馆要攀升海拔1000多米。汽车在S形公路上行驶，路果然如蛇般七扭八扭，蜿蜒绵延。绕绕转转间，山脚已成万丈深渊。风起云涌处，鸟鸣，在空谷久久回荡；群山峰峦叠嶂，林木茂盛葳蕤。路边山体，清泉哗哗流出，白云茫茫，像钱塘江涨潮，偶有几缕轻烟似的飘进车窗，我们就像乘坐小船，在云雾上荡漾。

下车入住后，带着女儿沿着山路往下走，在仙人洞前留影。在聪明泉里用木勺舀起清凉甘甜的水喝上几口，沁人心脾。在带有喷泉的泳池里游一游，在数不清的温泉里泡一泡，再随意点些特色小吃，女儿开心极了。

再次上庐山，我最大的愿望是想弥补一下当年的遗憾，一定要再看一次经典影片《庐山恋》。在庐山，该片是在专门建的一座庐山恋电影院常年 24 小时循环放映的。电影院经理说，《庐山恋》影片创世界电影史同一家电影院放映同一部故事影片三个之最的纪录：观众人次最多，放映场次最多，使用拷贝最多。《庐山恋》电影正奔向吉尼斯世界纪录。

那天，在候场期间，我发现了意外的惊喜，我见到小 A 啦！他刚从美国作博士后回国，到庐山从事风景园林方面的研究。我们共同的话题仍是对庐山一草一木，一山一水那深深的恋情。

观看完影片，圆了一个梦。

网

梅芬突然记起有一天，她从局长办公室掩着的门里看见丁香正拍着局长的肩头，局长咧嘴笑着说："香香，你是中文系的高才生，需要你接老科长的班呀。"

凌晨4点时，梅芬还在折腾那竞聘演讲稿，她的上下眼皮都在打架。一个声音再次把她敲醒，"10分钟的演讲，15分钟提问答题，展示最完美的自己，都有希望。"这是那天动员会上郑义局长严肃认真响亮的声音。她还记起那天会后局里聚餐，郑局长久久捏着她的手说："梅梅，你有优势，我看，科室另外两人的写作水平加起来还赶不上你一半。"

梅芬把草稿纸揉了一坨又一坨扔进了字纸篓，当东方露出鱼肚白的时候，她终于写完了她认为满意的演讲稿。她打了个哈欠，伸了个懒腰，趴在一大堆作废的草稿纸上睡着了。"祝贺你晋升为科长，你是当之无愧的……"一束束鲜花投入她的怀抱，她被包围在五彩斑斓的世界……正在这时，广播里传出的声音把她从梦中惊醒："请参加干部竞聘演讲会的人员到大报告厅。"

室外凉风习习，深秋的冷风让她不禁打了个寒噤。她随着人流走进了大报告厅，室内座无虚席，四周沿着窗子也站满了围观的人，显得春意浓浓，热火朝天。她好不容易找到了被指定的位置坐下，旁边有她的竞争对手。

贾大明，鼻梁上架着副眼镜，文弱书生的样子；丁香，来自北方的女子，在长长的脸上，有一对会说话的大眼睛。此时，丁香眨了眨眼睛，伸出细长的手拍了拍她前排长得清秀帅气，头发微卷的杨奉伟的肩，他会意地回过头。只听见贾大明低声地对他俩说："看你们的了，有戏。"

梅芬有些坐立不安，她把大资料夹里很讲究地放着的资料不停地翻着，恨不得把准备上台十分钟的演讲再背几遍，但大会已紧锣密鼓地即将开场了，容不得她静下心来。她忐忑不安地朝前排望去，只见前排摆着一个个台签，那是评委席，坐的全是掌握着生杀大权的各部门的领导，一个个正襟危坐、神情严肃。只见郑局长正弓着背，手臂伏在他的席位上，手拿着笔在勾勾画画，不苟言笑。

主持人正忙着调整计时器，上台演讲答辩的顺序是按照早已抽好的签排列的。贾大明排在第三位，听到话筒里传出他的名字，他推了推鼻梁上的眼镜，往四周看了看，迈着碎步轻飘飘地走上了台。他讲的声音很小，竖起耳朵都很难听清，偶尔还瞥一瞥讲稿，断断续续只有五六分钟他的演讲就结束了。接下来就是提问答题阶段，他答题很不流利，有时结结巴巴，有时抓耳挠腮，有时冷场半天说不出一句话。梅芬心想，他肯定没有希望了，不禁有点得意起来。但见郑局长拿起笔左顾右盼了一下，在贾大明名字旁打了个钩。

轮到丁香的时候，太阳已经快落山了。只见她抱着杨奉伟为她准备好的资料夹，脚踩着细细的高跟鞋，微翘的臀部有韵律地左右摆动着，咚咚地走了上去。她细细的亮嗓子吸引了在场的听众，她以朱熹的诗词"半亩方塘一鉴开，天光云影共徘徊。问渠哪得清如许，为有源头活水来"为她演讲的结尾，博得了喝彩。有人在说："到底是学中文的，会丢词。"

梅芬突然记起有一天，她从局长办公室掩着的门里看见丁香正拍着局长的肩头，局长咧嘴笑着说："香香，你是中文系的高才生，需要你接老科长的班呀。"

激烈的鏖战在有序地进行着，到了下午下班的时间还有许多人都没上场，只有饿着肚子继续战斗。已是华灯初上，当听到主持人大声叫"梅芬"时，她的心已经被提到嗓子眼了，她不知道自己怎么走上台的，她没有往台下看，台上一排排点射灯让她感到像众星捧月一般，她不免有些晕眩和紧张。当她对着话筒时，眼光不由得看到了会场第一排，那里整齐地坐着无一缺席的评委，她感动而又礼貌地说："各位领导、评委们，大家晚上好！"一阵哄堂大笑，有人才恍然大悟会议已经超出了上班的时间，延续到了晚上。在笑声和掌声的鼓励下，她渐渐地进入了状态，她的演讲倒背如流，普通话好听而嘹亮，时间正好十分钟。当评委提问时，她已胸有成竹，所提问题她都能敏捷地回答，既流利又准确，分析问题透彻而得当，博得了大家的赞许。当她走下台时，她如释重负，并为自己的出色表现感到庆幸。

当她走出报告大厅时，演讲答辩还在继续，要不是感到饥肠辘辘、疲惫不堪，她还会为他们助兴。

正在这时，郑义局长兴致勃勃地走了过来，他满意地说："梅梅，你讲得很不错，题也答得漂亮。"梅芬不知说什么好，她没有作声。但是，饥饿和疲劳顿时烟消云散，感到精神抖擞起来，天上的繁星和明月也像眨着眼睛向她祝贺，她信心满满地走在迷人的夜里。

但郑局长边走边想，梅梅呀，你什么都好，就是不会来事。转眼，秋去冬来，春暖花开。一天，在报告大厅对面的布告栏前堆满了人，梅芬好奇地钻进人群，发现他们围着观看干部竞聘录用人员名单公布。"贾大明"，一个熟悉的名字一下子映入了她的眼帘，啊！怎么他上了？她目瞪口呆，顿时坠入了云里雾里。她听见有人在说："这都是事前定好了的。"她如梦初醒。她猛回头，好像被什么丝丝缠住了脸，她抬头一看，是一张硕大的织得缜密的蜘蛛网，网中心有一只肥大的蜘蛛，她似乎悟出了什么。

完璧归赵

我叫来丈夫帮忙，丈夫拨开我的长发，粗大的手捏着小小的接口处，突然惊奇地问："咦！接口处我让工匠刻上的'爱'字呢？"

单位干部竞聘，我流动到了新的单位。碰巧，部长原来是我部下，现在我是部长部下。

哈哈，两人见面相拥，笑声爽朗，嘘寒问暖，好不亲切。

女人在一起免不了要谈服装、首饰、美容什么的。

部长看见我胸前的翡翠挂件说："呦，翡翠，玉中之王啊！"

"部长懂玉。"我赞道。

"别老是部长、部长，叫我名字。"她指着我身上艳丽多彩的玉珠子说："红的为翡，绿的为翠。在清朝宫廷称为'王玉'。"她边说着，眼里映出了祖母绿似的光彩。

"是啊，翡翠是东方人的最爱，保佑你幸福、幸运、长久。"我也很认真地说。

一天，单位组织去地质大学学习交流之后，我和她相约去了地大珠宝店。

"这里的货都是货真价实的，应有尽有，样样都有鉴定证书。我们对兄弟院校，还可优惠打折的。"很懂行的珠宝学院的学员主动热情地向我们介绍。

我们睁大眼睛饶有兴趣地看着琳琅满目的珠宝首饰。

橱窗里一串碧玺项链，特别耀眼，晶莹剔透，五光十色，有红、黄、蓝、绿、紫多种色彩搭配而成，而每粒珠子的颜色都各不相同。"哇，好漂亮啊。"我和她同时叫出声。

　　店员急忙凑过来热情地向我们讲解："碧玺就讲究个'透'，越透明质量越好，你们看这串很透明，看不出有什么雾感。"店员一边说，一边小心翼翼地拿出一个内部钉住一块白色绸布的木质托盘，轻柔娴熟地将项链放在里面，"请看，"她说，"白色打底，看翡翠的时候更能还原翡翠原色，挑选时，尽量选择这样内部干净的。"部长目不转睛，啧啧赞赏起来，她已经陶醉在其中了。

　　店员看出了部长的心思，把这串项链帮她戴到了她长而白的脖子上欣赏起来，一边神秘地说："在各色宝石中，最富灵性的宝石非碧玺莫属，而这款珠宝品牌是限量版的独此一条，用鲜艳的红绳穿起，吉祥喜庆，非你莫属哟。"

　　"那这价格不菲吧？"我问道。

　　"像这样好的，要几万元，刚才我们店里技术人员不是给你们介绍了吗？给你们7折优惠吧，最低价啦。"店员很不乐意地说。

　　部长翻了翻她的乳白色手提皮包，摇摇头说："钱没带够。"很遗憾的表情。我们只好很不舍地离开了那家店。

　　今年是我的本命年，丈夫说一定要送我生日礼物。

　　我生日那天，我们相约在A城26楼用壁画墙纸装饰的温馨小屋里，进门，丈夫一手拥抱了我，另一只手变魔术似的从身后拿出一束和我年龄一样朵数的嫣红的玫瑰，我接过花团，惊喜地笑了。更出乎我意料的是，从花丛中掉出一个精致的长方盒子，打开看来更让我大喜过望，这礼物正是那天地大珠宝店里我和部长看好的那串碧玺项链。

　　我戴着这项链上班，吸引了众多同事的目光，又多出了许多话题和谈资，部长见了更是羡慕和懊悔。

一天，部长向我透露了一个消息，说有一个评聘高级职员的指标。不过竞争很激烈，七个里面评一个。我傻了，哪会有我的机会。

部长说："你申报吧，会有戏的。"我发现部长的眼光看我时挺意味深长的。

翌日，我填报了申报审批表。

又一天，我们办公室的人员在一起聊天说，看见某某的丈夫把从国外买回的名表送到某领导家里啦，听说某某在某领导面前哭泣求情啦，还有某某把高级香烟扔到某领导的小轿车里啦。她们对我说："学聪明点儿，你也要想办法给领导评委送礼，否则，聘高级职员是没戏的。"

有一次，机会来了。地质大学来我单位参观学习交流，部长要在报告厅作报告，那天我特意注意观察到她脖子上缺样东西，我急忙把戴在我脖子上的那串碧玺项链摘下戴到了部长的脖子上，并且对她说："送给你，你在台上会光彩照人。"部长没来得及多说什么就上了讲坛，碧玺通明透亮的光芒映衬着她的笑脸。

那以后，我老是躲着部长，像是我做错什么事似的，我想她应该明白我的意图。

一段时间过去了，没见部长找我，我想她肯定心领神会，我心中暗喜，我想这次我提升高级职员八成有戏。

一天，评聘结果在单位布告栏公布了，结果让我的心情从波峰跌落到了低谷。

我的自尊心受到了很大伤害，精神受到了很大打击，一时间工作无精打采。

一天，部长终于来找我了。她把报纸包的东西塞到我手里，我已猜到是什么，我没接收，她就放到了我的办公桌上，并且笑着说："完璧归赵了，下次中期评聘你还有机会，继续努力，你再申报。"

回到家，我把包在报纸里的那碧玺项链想重新戴在我脖子上，可觉得不如原来那么顺当。我叫来丈夫帮忙，丈夫拨开我的长发，粗大的手捏着小小的接口处，突然惊奇地问："咦！接口处我让工匠刻上的'爱'字呢？"

我取下项链，和丈夫仔细看了一遍又一遍都没有找到。

外来的和尚会念经

三个资深美女你看看我，我看看你，同时"啊"了一声。丽丽的头脑似乎像美美一样晕眩起来。她使劲地拍着美美的后背劝说道："吃你的美容蹄养颜，喝你的豆浆补脑，小心留给自己的只有皱纹啰！"

美美、丽丽、祥祥是三个美丽优雅，衣食无忧的女人，在世外桃源般的象牙塔里打拼，希望在山清水秀之地寻找一方净土，修成正果。她们的愿望实现了吗？

她们各自都有不开心的烦恼事。

一天，三人又相约在她们喜好的小菜馆吃饭。

喝过浓香的现磨咖啡之后，祥祥有些清醒了。

"这次如火如荼的干部竞聘结果出来了，我的成绩是数一数二的呀！我却又榜上无名哪？听说选上的这个科长是从外单位来的，根本都不懂行。我科员干了十几年，付出了那么多，认真负责，业务过硬。不行，我想不通，得去查查，讨个说法。"祥祥对着美美吼道。

丽丽拍拍祥祥的肩膀："约你出来，就是给你洗洗脑，你快成外星人了。别傻了！知道吗，现在都讲拼爹、拼关系。而且年龄是个宝，文凭逐渐高。"什么意思，祥祥没听懂。

"你呀，一点儿都不懂得人情世故。你知道那个科长是谁吗？你不想想人家的背景，有重点大学的敲门砖，还是你们主管领导的老乡咧……"

丽丽摇摇头，撇撇嘴说："我更惨，博士毕业几年，又当了领导助理多年；引进人才演讲答辩，赞成我的票数真不少，呼声很高呐；正值我春风得意、信心满满地以为顺理成章官升一级的时候，事情并非常人预想的那样。据说这个位置被我们头头的海归校友坐了，我白白浪费了这几年的表情，还不如去搞我的专业呢。"

美美抚摸着好友祥祥的衣服衣领上的貂毛无可奈何地说："我更倒霉，去年我犯美尼尔氏晕眩症，在家休息了几天。领导扣了我一笔奖金不说，还立马从哪个学校调来了年轻的大学毕业生当上了正科，有人透露他是我顶头上司同学的弟子。也不念我这一二十年寒暑假加班加点，这下科室年终总结没我的事了，连原来的签字权也给剥夺了，我很不甘心啦！"

丽丽伸出手指点着美美插话道："你说我想多了，我要说你咋忒死劲呢？这都是蓄谋已久内定了的事，这就叫作'外来的和尚会念经'。我算是悟出我导师讲的典故了，他说，据说禅宗马祖的老家在成都，他的父亲是卖簸箕的。马祖得道还乡时，全城疯传有个高僧来，等见了面大家都嚷，原来是马簸箕的儿子呀！马祖不胜感叹，得道不还乡，还乡道不香！所以我导师跑到外乡去发展，听说和妻子也分道扬镳了。"

三个资深美女你看看我，我看看你，同时"啊"了一声。丽丽的头脑似乎像美美一样晕眩起来。她使劲地拍着美美的后背劝说道："吃你的美容蹄养颜，喝你的豆浆补脑，小心留给自己的只有皱纹啰！"

祥祥又端起浓香四溢的咖啡杯，轻轻吹开泡沫，狠狠地呷了一口，并朝丽丽竖起大拇指表示赞同。

情人节的玫瑰

处长得意地说："各位，每人把你领到的这枝花，是男士的就送给妻子，女士就送给丈夫，男孩就送给可爱的女孩，女孩就送给心中的白马王子。"

早春二月，春寒料峭。

又是一个情人节，年还没过完，上班第一天，遇见一个大雾天气。

兰一大早起来，整装待发，丢掉肥大的羽绒服，穿起了塑身苗条的春装，要风度不要温度啊！

她一出门，雾气迷茫，湿漉漉地扑面而来。隐约可见单位的 C 科室旁边，园林绿化科花园的园丁们正在修剪一枝枝艳丽的红花。雾里看花，雾因花而美丽，花因雾而朦胧，一如诗人的情感。

兰想起红玫瑰花语，"天长地久，长相厮守……"那是远在太平洋彼岸的他——晓阳一年前情人节那天写给她的信。经处长介绍，她和他相识在山清水秀的家乡。她拒绝了去异国他乡跟他陪读，他让她等他。今天她打算一定要买一枝鲜艳精美的红玫瑰，和写好的一封长信一起寄给他。

收发室的人电话通知兰去取封信，说是海外来的。但她要急着完成处长交给她的报奖材料呀。

"新年好！"到了单位，大家一见面都互说出同样的三个字，今天个个都来得忒早。处长领导们紧跟脚步到了各个科室给大家拜年发红包，主要意图是查岗来着，谁都明白。

处长今天西装革履，一头打理得很有型的乌墨浓发，笑容可掬地与职工频频作揖握手。大家个个头点得跟鸡啄米似的，脸上笑开了花。处长把一封信放在了兰的办公桌的左上角的一堆材料上，便忙着应酬了。接着处长饶有兴致地宣布："各位手头的事忙完后，都到C科室集中，一个都不能少。"

兰对面的小白脸说："一定是让我们到那科室帮忙搬书去，给学生发教材吧？"

小白脸旁边的大姐插言道："是处长瞧大伙整材料辛苦，准备设饭局犒劳各位吧？"

今天是情人节，就等着听浪漫的故事吧！"我心里埋藏着小秘密，从没有告诉你"，小白脸边唱边把一张明信片从他抽屉拿出，兰一抬眼看见上面写着，白云亲启。白云不是我们单位刚招聘来的美女高才生吗？那小白脸原来追的对象呢？兰不解地想。他跳起身，顺手拿起了处长放在兰办公桌上的那封信说："耶，还是海外寄来的呐。"说着就要一把撕开。

哎呀，兰一把夺过，藏了起来。

"浪漫个啥呀，"大姐又开腔啦，"那个谁，名叫晓阳的，给单位来信函，汇报出国留学情况说，他在国外得了胃病，还时常肝区疼痛。后来，他没人照顾，快撑不下去了。算他幸运，听说他的一个老乡妹子和他结了婚，定居到那个国家了，照顾他的衣食起居呢……"

兰听到这，听不下去了。眼泪在眼眶里打转，她冲出了办公室，泪水抑制不住哗哗流。

她一口气奔跑到园林绿化科花园——她和他曾经约会的地方。她拆开信封，露出一个精美的新年贺卡：一面印着两朵色彩柔和、娇艳欲滴、竞相盛开的黄玫瑰。

一面印着黄玫瑰花语：

为爱道歉，享受和你在一起的日子。

在有的国家，黄玫瑰是分手的代表礼物。

在有些地方，黄玫瑰还代表着等待，等待属于你们的爱情。

当兰抬起头，处长正拿着包装精美，闪闪发亮的一枝红玫瑰送给她。

大姐把兰领进 C 科室，一团团红红火火的玫瑰映入眼帘。大姐说："这些红玫瑰，是处长送给每个员工的情人节礼物，每人一枝。"

处长得意地说："各位，每人把你领到的这枝花，是男士的就送给妻子，女士就送给丈夫，男孩就送给可爱的女孩，女孩就送给心中的白马王子。"

小白脸当众宣布了他的小秘密，原来他的女朋友恰巧是我们同单位文静可爱的女孩白云。

此时，室内朵朵玫瑰怒放，空气弥漫着沁人心脾的芳香，他和她兴致勃勃地互赠心中的玫瑰。处长感言道："情人节的玫瑰花见证了你们的美好爱情……"同事们送来阵阵掌声。

兰正伸手欲揉碎手中的玫瑰花瓣，处长走了过来，拍着兰的肩，轻言细语地说："送人玫瑰，手留余香；新的一年，新的梦想……"

兰晶莹剔透的双眸映出了鲜艳的玫瑰红，那柔美的花瓣在诉说着情人节的玫瑰故事，兰手中的玫瑰她会送给谁呢?

责　任

可是，秀妮没有想到，她竟然接到不知名的人的电话，明确告知已经走关系了，愿意拿重金让她放弃录取资格……

严局长接到老人突发疾病的消息，她心急如焚，立即上路，等了半个多小时也没拦到出租车。眼前景象让她联想到一句谚语：蜻蜓盘旋半空中，不过三日雨蒙蒙。果不其然，天空乌云密布，豆大的雨点纷纷扬扬洒落下来，匆忙之中没有带伞的她，倍感忧心忡忡，极为不快。

忽然，从她身后伸出一把红红的伞来。它宛如硕大一朵盛开的红牡丹，一下把她的心照得通红透亮。一只机灵可爱眼睛晶莹闪亮的黑燕子蹦跳地停歇在她的身旁——一个清纯的身材纤巧的女孩。

女孩喊，阿姨，我给您打伞。

阿姨和女孩开始对话：

你是这个大学的学院大学生吧？

是啊，我叫秀妮，我是社会科学系的应届毕业生，准备考公务员。

你赶紧去吧，不能耽误你啊！

阿姨，我建议您叫一辆滴滴出行出租车吧。

滴滴出行是什么？我没有呀，也不会用啊。

我帮你从网上下载一个，请把您手机给我用一下。

你还没吃饭吧，左转直走拐弯处有一个食堂。

没事，您赶紧搭上车重要。我下载好了，叫了去医院的出租车，就等司机师傅接单啦。

去吃饭吧，妮。考试不能迟到。

我要帮你接听师傅接单电话，再等等。我妈常对我说帮助有困难的人是她的责任。

接下来的事情我自己来做吧，你赶紧吃饭去，别饿着，一会卖完了。

我不饿，阿姨。听，师傅接单来电话啦，他说路上堵车还要等一会才能到这里。

哎呀！秀妮，你一定不用再管我啦。你看，阵雨也过去了，你把伞收好。吃完饭去好好考。

不行哪，阿姨，车没来我放心不下，看您坐上车我再走。

严局长真是好感动啊！她拗不过这个纯真善良的大学生妮子。

她和妮加了微信好友。

车终于来了，妮子微笑着招手和车里的阿姨道别。

……

下午面试，先抽签。时间到了，考生中缺秀妮，考官严局长请假晚点到。正好剩下秀妮的一个签，是最后一个答题。当秀妮赶到时，她仍保持镇静地轻轻敲门，谦卑地鞠躬问好。她前面严考官已经和其他三个考官一起端端正正坐在席位上，她左边坐着两个记录员，右边也坐着两个人，整个考场就像一个包围圈，紧紧地包围着她。她很惊讶，没想到阿姨就是考官。

秀妮只有十五分钟的答题时间。她看了一下试卷，总共三道题目。其中有一道题目是：谈一谈你对精准扶贫工作的见解。秀妮看完题目之后，马上联想到考上公务员的师哥师姐们的经验之谈：你是个农村妮子，要主动请缨，一腿勤，每周五天蹲在村子里；二嘴勤，每天向局长汇报进展；三手勤，每周写书面材料呈给局长；四送勤，每周回来给主要领导捎上绿色养生土特产。

秀妮边想边等考官提问，感觉等了好久。不行不行，秀妮想，自己千万不能这样回答。

她想起了她山区的家乡，孩子们从小翻山越岭打着火把去上学，老百姓中流传"要致富先修路"；她想起大学一年级假期随志愿服务队去大山深处的希望小学支教，一个也叫妮子的女孩梦想就是用家养鸡蛋换钱，买把花雨伞去上学；她想到领导人给志愿服务队回信中提出的，与祖国同行，为人民奉献的殷切希望……

想着想着，她觉得是不是超过时间了？她急忙举手说："我审完题目了，可以回答问题了。"

考官说："请开始你的回答！"

秀妮的回答言之有序、言之有理，由表及里、由近及远，由浅入深、由小到大。

宣布面试成绩时，秀妮意外得了第一名。

她俨如一个公务员充满自信，心怀壮志。

可是，秀妮没有想到，她竟然接到不知名的人的电话，明确告知已经走关系了，愿意拿重金让她放弃录取资格……

秀妮想到了阿姨，和她在微信上陈述了情况。

严局长以自己的职业道德和强烈的责任心直接干预了此事。

她指示：秀妮同学公务员考试答题，思维清晰、观点正确、言语精炼，成绩突出；尤其她是从贫困地区考出、我国名牌大学培养出来的有责任心、有担当的优秀青年。公务员岗位上需要这样德才兼备、乐于奉献的毕业生……

半年后，秀妮走进了县扶贫办。

父亲的百草园

父亲虽然是个语文老师，但他对花草鱼虫，自然地理是极其热爱的。他还在业余时间精心饲养了一群群鸡鸭鸽鸟，这些飞禽也是父亲的百草园中的常客，它们无一不听父亲这个海陆空三军总司令的指挥。

我父亲也是我中学时的语文老师，他备课十分认真，常常到深夜；讲起课来引经据典，旁征博引。

还记得那一堂课，父亲在黑板上用白粉笔写下了行云流水、龙飞凤舞的一行字"从百草园到三味书屋"。同桌瞪大眼睛看得入迷，啧啧称赞，并津津有味地模仿着练起字来。

父亲讲这是鲁迅先生写的一篇描写12至17岁时发生的事情的散文，写出了鲁迅童年成长的足迹。童年时的他，没有严肃，没有庄重，但有童真，有幻想，有童趣，即使在严肃的学习中也不乏快乐。

听着听着，我的思绪飞到了我家窗前的一个园子里，寻找我童年的足迹。

这园子也有鸣蝉在树叶里长吟，间或有肥胖的黄蜂伏在菜花上，时而有蟋蟀们在这里弹琴，翻开断砖来，时常也会遇见蜈蚣。这就是父亲的园子，干脆就叫它百草园吧。

父亲说，学习鲁迅的散文，就要仿照他文章中的修辞手法。他布置学生练习用"不必说，更不必说，单是"排比手法来写文造句。

太简单了，我想。就写父亲的百草园：

初夏时节，园子里的栀子花开得茂盛。一朵朵皎洁纯净似白玉雕成，点缀在翠绿枝头，又似清纯少女的白色衣裙随风摇曳。我仿佛也变成了一朵栀子花，在风中舞动着……同桌称赞我写得如此美，说，就是"不必说"三字写掉了，哈哈！

栀子花开的季节，园子里能开放出几百朵花，让左邻右舍纷纷拿去放在家里驱味闻香。邻居司机大哥的驾驶室里每天挂着一大束香花出车上路。的哥说，这花忒香，让人神清气爽咧。这正是"父亲栀子花，香飘邻居家"。这句话是同桌想的，呵呵！

该写"也不必说"了，同桌投来提醒的目光，就继续写他的了。

对了，茉莉花是父亲的最爱。

一向十分节约的父亲，把一株株茉莉栽种在一个个朴质而土气的瓦钵子里，让人看到的是花色比栀子花更纯白，枝叶更普通的花；看不到玫瑰的妖娆，牡丹的高贵，杜鹃的艳姿，显出的是平凡。

父亲因爱茉莉花香，喝了一辈子的茉莉花茶。花瓣终究要化作春泥，而花香却可以保留下来。久负盛名的清淡茉莉香与清幽绿茶香的茉莉香片，成了父亲的枕边之物，那是他每天必不可少的最廉价和最长寿的饮品。

最让父亲耿耿于怀的是那一年寒冬的一天，在他来来回回走了十多年的校园，在他通往教室的路上，耳边忽然传来一个同事的声音："学校已经接到通知停课了，不用上课了。"

这十多年来，连生病都从不缺课的父亲，急切大步走进他所教的班级，眼见到空无一人的课堂。此时，总是笑呵呵的乐观的父亲表情严肃起来，心情沉重无比。

父亲很赞赏正在众多学生中悄悄传抄的散文《艺海拾贝》。他想把文中缜密睿智的哲思，优美活泼的文字，栩栩如生的形象和生动有趣的故事讲给学生听。

父亲按捺不住激情，他要把学生找回来上课。踏着冰天雪地，冒着呼啸寒风，父亲走家串户进行家访，晓之以理，动之以情。虽然回到课堂的学生寥寥无几，然而当看着他们渴望的眼睛时，父亲开始捧读《艺海拾贝》。

讲到象和蚁的童话，学生听得津津有味，仿佛看到作家对弱势者的扶持和关注；讲到勤勉的蜜蜂博采花蜜，学生体验到对世间最可贵的创造性劳动的赞美；讲到蜘蛛织网，学生表示要努力像作者描述的那样，善于摄取养料精于编织密集的知识之网……

结果父亲没有想到，他被赶出了教室。"岂有此理，岂有此理"，他义愤填膺地要喊出声，却又敢怒不敢言，表情极为愤怒，心情十分郁闷。

就在那个寒冬，父亲珍爱的茉莉花全部在园子里冻死了。枝叶枯黄，纷纷凋零，但花犹洁白，暗香残留。

记得每年寒露节前父亲就将一钵钵茉莉从园子搬到楼上居室，放在阳光充足的阳台，入夜又将它们一个个移到有取暖炉子的房间。后来我才知道茉莉花是一种长日照偏阳性花卉，喜炎热潮湿，性畏寒，冬季需在5℃以上的环境中才能安全越冬。

父亲说，茉莉花喜欢在夜里静悄悄地绽放，没有一点声音。因为它生怕惊醒了熟睡的人们，怕惊扰了人们的美梦。深夜，当繁星闪烁在天际，它便悄悄地，慢慢地，轻轻地舒展开来。早晨当太阳露出地平线那一刻，它便以最美丽的姿态，最灿烂的笑容来迎接朝阳的升起，并且释放出全身的香味，给予人们一个清新的早晨，令人精神抖擞，心旷神怡。

想到这里，我想用我的笔写下，我欣赏你，茉莉，我愿做茉莉般的女子，荣辱不惊；我羡慕你，茉莉，你虽平平无奇，却在一生之中，尽情展示自己，给人带来芬芳倩影，不留一丝遗憾离去。

写到最后快下课了，一只蚊子飞来嗡嗡作响，立刻给了我思路和联想。"但是"有写的了。

但是到了夏天，蚊子肆虐。特别是园子里养了多种花花草草，也很吸引蚊子。父亲懂得有一些植物具有驱蚊的功能。这些植物靠叶子或者花朵散发出一种特殊的气味驱赶蚊虫。为了让在园子里竹床躺椅上乘凉的人们凉爽安逸，父亲在园子里种了一大片驱蚊草。父亲说，它的学名叫作"香叶天竺葵"，多年草本植物，带香味，生命力强，还具有观赏价值。

父亲虽然是个语文老师，但他对花草鱼虫，自然地理是极其热爱的。他还在业余时间精心饲养了一群群鸡鸭鸽鸟，这些飞禽也是父亲的百草园中的常客，它们无一不听父亲这个海陆空三军总司令的指挥。

写到这里，意犹未尽，但下课的铃声已经响了……

姐姐打来电话

原来我与姐姐是在梦中相见，姐姐十年前已驾鹤西去。怪不得姐姐容颜不老，看起来比我年轻多了。天堂一年，人间十载啊！

我接到姐姐打来的电话时已是午夜三点钟，听起来声音好美妙，好遥远，似天籁之音。她邀我拨冗到神仙乐苑一游，和她一同去感受月亮太阳绽放的光芒。

临走我特意带上珍藏了十年未发出去的她男朋友给她的一封信。

神仙乐苑路途天遥地远，相隔万水千山。怀着急于欲见姐姐的心情，我披星戴月，日夜兼程，顶风冒雨，风餐露宿，险象环生，也不知走了多长时间，终于到达了目的地。

我大声喊姐姐，她就是听不见。

只见云雾缭绕，怪石嶙峋；嗅到仙花馥郁，异草芬芳；处处草长莺飞，鸟语花香；好一片云蒸霞蔚，旖旎风光。

但见珠帘绣幕，画栋雕檐，飞龙戏凤，凹凸有致，似那光摇朱户金铺地，雪照琼窗玉作宫，好一幅洞天福地呀！

逶迤山石后，隐约亭榭中，穿过棠云梨雨，苍松茂竹，翠柳夭桃，似有琅琅读书声飘来。轻轻推开门，涌出童男童女，指着姐姐说："她是我们的师仙教授，给我们上数学课。"

一幅淡看远山，细看秀水的泼墨山水画的屏风映入眼帘，听说那是姐姐的美术作品，尽显一片好山水，一处好风情。绕过屏风，一张八仙桌稳稳地摆在屋子中央，横梁上雕琢着实细致。一套青花瓷的茶碗静静地摆在桌子的中央，空气中弥漫点点茶香，弟子向老师行跪拜礼敬茶。乍一闻，清新的气息，让人耳鼻一震，瞬时神清气爽。

师仙教授茶喝得姿态轻盈。十年未见，姐姐她仍是青春容颜，眼若晨曦，眉若星月，贝齿红唇，秀美绝伦。肌若凝脂，气若幽兰，娇媚无骨入艳三分，举手投足间仙气盎然，秀发飘逸如风拂杨柳般婀娜多姿。

接着，师仙教授让弟子们讨论一个一直困惑着人间的阿基里斯悖论。

DLP超大电子屏幕上显示：阿基里斯悖论，跑得最快的阿基里斯永远追不上爬得最慢的乌龟。

弟子们争论不休……

下课了，姐姐望着我，眼中的温柔与宠溺叫人沉溺其中，姐姐牵我进她房间。屋子四角汉白玉的柱子，四周白色石砖雕砌的墙壁之间金雕兰花妖艳绽放，青色的纱帘随风而漾。典雅的一张楠木床，一条青纱帘幔横钩两边整齐的帘幔，飘逸之极。顿时感觉一身清新之气，凛然自发，仙境莫过如此。

不一会儿，姐姐从一座别致的假山石洞中，拿出了一个贵重的红木匣子，里面装的都是神奇宝贝：

有几枚一头圆一头尖形状处于休眠状态的乌鸡蛋是我们家养的翻毛乌鸡生的，有一面红底黄星的旗是姐亲手绣的，有那种姐特别爱吃的甜玉米几颗，它们都让宇宙飞船运送到太空遨游。

呀！还有，这不是姐姐为我绣的白猫滚绣球枕套吗！毛丝滑顺，绣工精细，活灵活现，栩栩如生，它在星月博览会上获得了金奖。

姐妹俩相拥雀跃，激动不已。

突然，天空下起了淅淅沥沥的小雨，风雨拂琼窗，撩动我的衣襟，我想起了裤子上布兜里的那封信。

姐姐的表情亮了，信上那行云流水，纵横挥洒，洞达跳宕，刚柔相济的笔法她再熟悉不过了。我俩齐声念起了纸已泛黄的那封信：

曾无数次仰望星空，望穿秋水，探望你一闪而逝的身影，却依旧捕捉不到那熟悉而美丽的脸庞。但我知道，你一定是星空上最亮的星。你美得如此无瑕，美得如此不食人间烟火。我与你今生注定只能一个做太阳，一个做星星，永不得相遇。悲悲切切的心只为那遥不可及而跳动……

姐姐的眼前浮现出她心中的男神白面书生的形象：他是玉面郎君，无与伦比，有情有义，智胜孔明；他是英俊与智慧的化身，侠义与柔情的糅合。

轻风带着细雨飘来，撩动姐姐腮边缕缕发丝，随风轻柔拂面，平添几分诱人风情。

雨，越落越急，像是为她哭泣。姐姐眼前模糊了，不知是雨水还是泪水。她已伤心欲绝，一脸的梨花带雨，冰凉地顺着她的脸颊滑到发丝，滴在地上，与大地融为一体……

"嘀嘀嘀"，闹钟声破碎我的黄金梦。梦里依稀见，醒来泪满襟。

原来我与姐姐是在梦中相见，姐姐十年前已驾鹤西去。

怪不得姐姐容颜不老，看起来比我年轻多了。天堂一年，人间十载啊！

十年一觉扬州梦，但愿长醉不愿醒。情不自禁的泪水像断了线的珍珠越落越急。好人有好梦，好梦易成真！

正是"别时容易见时难，流水落花春去也，天上人间"。

我停了闹钟，接着进入神仙乐苑梦境，乐不思蜀啊！

三张照片

有一次，一个小偷在逃跑的途中，公鸡扑打上去啄掉了小偷衣服上的一颗扣子，使得小偷被捉拿，东西归还失主。

房子要拆了，外婆和外爷要搬到高楼里去住啦。

外爷望着这住了四十多年的小洋楼，依依不舍。

他深邃的目光集中到了墙上的三张照片上，孙女注意到了外爷凝神的地方，最明显地能看清的是：一棵小树，一只公鸡，一盆茉莉花。

外爷摸着孙女的头，饱经沧桑的脸转向了窗，深情地讲述了饱含着如歌的岁月的故事。

一棵一个大人都合抱不了的参天大树，树顶已经远远超过了两层楼洋房屋顶。硕大的梧桐树叶形成了一个天然的大伞，遮挡着房屋西边的太阳。

外爷对孙女讲窗外那棵树就是照片上的那棵小树变成的，"多少年前你妈妈像你这么大的时候和你姨妈一起费了好大劲把它抬到了小洋楼窗下，外爷挖了一个大土坑，种下了它。"

经过了春夏秋冬、寒来暑往的考验，小树苗在主人的悉心关照下茁壮地成长起来了。外爷伸出他那双经常干活而显得干燥的手指着那棵树干说："孙女，你看，这棵树为了抢阳光，树干都长得弯成这个样子了，它还顽强地向上生长着，为我们遮阳挡风。"

还有那只鸡，那盆花，都是我们家的功臣啊！

"那只鸡怎么了？"孙女睁大了好奇的大眼睛问。

书画和花鸟鱼虫都是外爷的兴趣爱好，这只公鸡是我们家养的母鸡生的蛋孵出小鸡娃长大的，它生来就好斗，爱啄人。有一次，一个小偷在逃跑的途中，公鸡扑打上去啄掉了小偷衣服上的一颗扣子，使得小偷被捉拿，东西归还失主。

可是，天有不测风云，外爷被下放劳动改造，来人抄家要抢走外婆祖传的玉手镯去砸掉，正在这千钧一发之时，公鸡斗士飞将上去，啄走了玉镯。来人追赶过来，公鸡衔着镯子飞进了外爷挖的准备栽小树的土坑，公鸡被来人打死了，连同镯子一起被埋在了土坑里。

外爷抹着眼泪说："你姨妈小小年纪就失去了幸福与快乐的生活，早早地就含恨离开了人间。她长得比你妈妈还要美丽，而且聪慧过人……"

后来，外爷在下放劳动时就爱上了花，以花为伴，和那盆茉莉花一起度过严冬，宁可自己受冻，也不让茉莉花冻死。再后来，春风吹来了，外爷又走上了讲台，茉莉花沐浴在春风中绽放了，散发出幽幽的香气，沁人心脾，爷爷陶醉了，家人也笑了。

孙女凝望着墙上的照片，她有些疑惑，似懂非懂……

寒梅迎风开

梅，斯人已去，空留千古遗恨。天妒英才！一个冰清玉洁的女子，悄然走向另一个世界。

八面风精神病院诊疗室，送来一个蓬头垢面、面黄肌瘦、两眼发直、目光呆滞的女子，她不停地自言自语，把亲友送来的营养品撒了一地。在护士的帮助下才静坐下来，当医生望着她那清澈见底，乌黑发亮的眼睛时，他的职业眼光让他看到了生命的希望。

医生开始提问：

你是在校的大学生吗？

不是，我是一只鸟，女子答。

你是学数学专业的吧？

不是，我是研究哥德巴赫猜想的。

你毕业后想干什么工作？

我想去修铁路。

你为什么要休学？

我的脑筋天天对我说，休息一下，不要学数学啦。

医生无奈地摇摇头，招进外面等待的名叫梅的女子的家长，说，这女子有狂想症，双面情感障碍，幻听等，是典型的精神分裂症。要服用氯丙嗪和住院治疗。

……

　　三年以后，八面风精神病院抢救室正在抢救一位轻生自杀的女子，据说她服用了大量氯丙嗪。

　　医生给女子洗完胃，她还没脱离危险。医生愤愤地说："出院好好的，怎么不照看好？氯丙嗪这种药，雄狮吃一颗都要昏睡好几天……"

　　就在昨天午夜我被电话铃声惊醒："是风？我活着真没意思，我什么都不要啊！风，永别了……"我的心咚地一阵慌乱，吓得一身冷汗，我预感到要出事啦……

　　可是，我晚了一步。如果……最起码我要是早砸开梅的房门。

　　忽见医生，满头大汗，疲惫而踉跄地走出抢救室，神情严肃而沮丧。医生没有正视我，无奈地摇摇头。护士抢着说："现在梅女子还没有意识，就是活过来也不排除失忆或成为植物人啊！"

　　我心如刀绞，捶胸顿足，往事历历在目……

　　在那丹桂飘香的金秋，我和梅同时考取了那所名牌大学。我和她是在观看日本电影《生死恋》时认识的。打那以后，她美丽的倩影总在我的眼前挥之不去，难道这就是爱情来了吗？！梅说过，她要像《生死恋》影片中的夏子一样勇敢地选择自己所爱，不希望青春像短暂的樱花一样凋零。

　　而梅也总是主动到宿舍来邀我，不是说一起吃饭，就是说要请教我数学难题。我总是点点头，有求必应地放下手中的事而舍命陪君子。

　　那天，春寒料峭。梅靠着樱花树，仰脸看着我，脸颊像樱花雪白中泛着红晕，她心潮像初绽的花瓣泛起朵朵微波。

　　那天，我后悔不该邀梅看电影，梅没能出来见我。电影票被她妈撕坏，我被拒之门外。梅妈妈从一开始就看不起我这个其貌不扬，家境又穷的农村人。

　　我后悔呀，早知道梅她妈会拆看梅的私信，我根本不会把信寄到她家里去！

当梅妈气势汹汹地质问并羞辱我，说我癞蛤蟆想吃天鹅肉时，我自尊心受到极大伤害。

梅见到我解释说，她父亲在她很小时就去世了，妈一个人带着她过日子很不容易，妈是穷怕了。

后来，梅妈为了阻止我俩的交往，居然在学校旁边租房住下，监视我俩。

梅，当年我托同学交给你的那张纸条：梅，我去外地攻读研究生，等我回来！你看见了吗？

听说你找不到我，无心参加论文答辩，竟然得了个肄业证，还被劝退学了……这换了谁会不心情苦闷，日久生疾呢？！

当年那些用心不良的无聊人传出的桃色新闻和谣言都没能把你打垮：

传言有个矮个子黑脸的农村队长瞅见白净俊俏的梅姑娘，动了心思。让你纤细柔嫩的手握起了笔杆子，干起了和队长接触紧密的大队文书。

传闻在一个没有月亮和星星的夜晚，队长和你坐在谷堆上谈情说爱，亲吻……不堪入耳。

喜欢你的一个长得像贾宝玉似的憨厚小伙子，对你产生了很深的误解。这对你的病无疑是雪上加霜。

此时，我记忆的闸门就此刹住，往事不堪回首。

今天，我，为了那份真爱，为了那个承诺，更是为了赢回我应有的自尊。我攻读研究生毕业回来啦，并有了一份收入不菲的工作。我可以有能力有胆量来见你啦！

我对着苍天说，梅你知道我为什么没带你一起走吗？因为我爱你，就不想难为你。我当时是憋着一口气走的，不成功不回来。可如今我成功了，你人却不在了！

梅！你魂兮归来，借着秋风秋雨来与我道别吗？你这梅之风骨荷之韵的灵秀女子！

梅！你柔弱的身姿，蕴涵的却是高洁的刚毅。你，必定是冬之寒梅夏之荷的化身！

梅！斯人已去，空留千古遗恨。天妒英才！一个冰清玉洁的女子，悄然走向另一个世界！

……

正当我热泪滚滚，扑簌簌流淌，心一阵一阵揪紧，痛彻肝肠时，只见医生满脸堆笑，兴奋不已的表情，他大喜过望地问："谁是梅的家属？"

我简直不相信自己的耳朵，我欣喜万分地冲过去，毫不犹豫地回答道："我是。"

俄顷，医生缓过神后，高兴的笑脸忽而变为了严肃的神情，他说："梅女子已经脱离了生命危险，但是神智还尚未清醒，回去后家属一定要精心照顾好她。"

……

我和梅结婚了，并把同样患有精神病、满大街疯跑的梅妈妈也送进了八面风精神病院进行康复疗养。

一年以后，梅恢复了记忆。

我又回到了这个校园，安居乐业。节假日，一家人一起散步；寒梅迎风开，笑脸在阳光下绽放。

善意的谎言

牛老师在一旁又呵呵地笑了，他为自己当初善意的谎言感到十分得意。否则，王老师现在就不会站在这里了。

夏季的一天早晨，太阳火辣辣的。在某市 S 中学的校园里，王老师手臂上搭着一条油绿色丝绸布拉吉，踩着一双尖头高跟凉鞋，抱着一摞厚厚的学生的练习本，她那纤弱苗条的身影像经受不起似的，还没等走到教室开始上课，她已汗流浃背。想到能和天真烂漫的孩子们在一起，用她百灵鸟般的嗓音，去播下知识的种子，她的心里就像炎热的夏天喝了甜蜜凉水一般爽朗起来。

这校园她来来回回走了十年了，每天觉得既熟悉又新鲜，但今天她感觉异样。

谁都知道王老师和牛老师是形影不离的伉俪，是"忠诚党的教育事业"的信念使他们走到一起。她被牛老师从遥远的地方费了九牛二虎之力调到了这个学校，她的愿望实现了，她很满足。牛老师从名牌大学中文系毕业，放弃了省报社主编的位置，义无反顾地爱上了这一行，认认真真在三尺讲台耕耘了十年，用旁征博引的谈吐，龙飞凤舞的书法赢得了学生的敬佩。

牛老师像个老黄牛，忠厚老实，对于王老师一呼百应，他觉得她既是他事业的伴侣，也是家中贤内助。

回到家中，王老师就开始心里不得劲，天天担忧那些莫须有的大字报。

牛老师了解她生性就多愁善感，性子急，遇事容易激动，除了兢兢业业地教书，就是自己的小家庭，只想过四平八稳的日子。

牛老师洞察到王老师的心病后，总是很乐观的笑呵呵的他也忧心忡忡起来，怕她犯心脏病，一时间头发掉了白了不少，但表面上总是和颜悦色、淡定自若的。

牛老师很赞赏正在众多学生中悄悄传抄的散文《艺海拾贝》。

他想把文中缜密睿智的哲思，优美活泼的文字，栩栩如生的形象和生动有趣的故事讲给学生听。

牛老师按捺不住激情，他要给学生去上课。

这十年来，连生病都从不缺课的他，顾不得什么了，他迈开大步走进了教室。此时，课堂里还剩寥寥无几的学生。看着他们渴望的眼睛，牛老师开始捧读《艺海拾贝》。

讲到象和蚁的童话，学生听得津津有味，仿佛看到作家对弱势者的扶持和关注；讲到勤勉的蜜蜂博采花蜜，学生体验到对世间最可贵的创造性劳动的赞美；讲到蜘蛛织网，学生表示要努力像作者描述的那样，善于摄取养料精于编织密集的知识之网……

回到家中，牛老师看到王老师紧张的眼神，立刻低头调整了一下心态，变得和颜悦色起来。王老师忐忑不安地急着问道："有我们的大字报吗？"牛老师笑呵呵地答道："你放心！没有，一张都没有。"牛老师装着很镇静地说了谎言，王老师的心脏立刻恢复了平静。

多年以后，改革开放的春风吹绿了S中学的校园。昔日的小鸟又一只只飞了回来，一时间桃李满园，群芳争艳，王老师和牛老师笑得合不拢嘴。

牛老师在一旁又呵呵地笑了，他为自己当初善意的谎言感到十分得意。否则，王老师现在就不会站在这里了。

缺一人的团年饭

女儿走到他爷爷的遗像前，点燃了三炷香，跪下磕了三个头。把一双崭新的筷子整齐放在盘上，请爷爷吃饭。

自从我 17 岁考取城里的大学，我便独自一人背着简单的行囊离开了生我养我的偏僻村庄。

以后的日子每逢春节必回老家吃上团年饭，40 年来没有间断。

早年回一趟要坐 8 个多小时的火车，转乘几站路的中巴，还要在自家的三轮车上颠簸 2 公里才能到达那个堰塘环绕，坐落竹林中的土坯房。

近年我开上了越野小汽车，在高速公路上风驰电掣，3 小时便可到达。爽啊！

岁岁年年不一样，年年岁岁总相同。相同的是老家红红火火的一大桌几十样农家菜中永远也不会缺少的一种———蟠龙菜。

按老家规矩长辈上座，可今年少了一人。现在在长辈中我是晚辈，在晚辈中我也是长辈了。家乡的团年饭也是无酒不成席的，先给长辈们的小酒盅斟满当地酿的散装酒后，我姐姐和小媳妇们开始川流不息地端上热腾腾的各种蒸菜和凉盘，在煮上两个土鸡炖蘑菇火锅后，菜香伴着酒香一股股扑鼻而来，随着噼噼啪啪震耳的鞭炮和直冲云霄的烟火声，浓浓的年味便弥漫在农家小院和堂屋。

望着色泽鲜艳、肉滑油润、造型酷似大龙的蟠龙菜。长得和我一模一样的大眼睛丫头开始发问了："爸爸，讲讲蟠龙菜的来历吧，我想听一下原汁原味的，老师让我们写作文。"

当过村官的舅舅接过话题讲道："娃子，蟠龙菜呀，俗称剁菜，是家乡名菜佳肴。相传在古代明朝年间，明武宗朱厚照驾崩，无子继位，其堂弟，朱厚熜，他是我们家乡人，进京继承皇位。相传在朱厚熜出发之前，郢中名厨采用瘦猪肉和鲜鱼剁肉馅……"我姐又接过话头说："再拌入肥肉丝条，加上精淀粉、鸡蛋清、葱姜末、盐拌成馅子，再裹上熟鸡蛋皮，做成尺把长，口径大概 5 厘米的扁卷筒形。"正送菜过来的我姐的俊俏媳甜甜地笑着说："今天我片片切得不薄，龙形摆得不像，献丑了。"她舅爷爷却打趣地说："朱厚熜吃了也会赞不绝口的。"一家人便哄堂大笑起来……

我侄儿一高兴发了个大红包，家人们抢开了。我妹提议手气最佳者，去请爸爸吃年饭，结果我的宝贝丫头抢到手。她睁着大眼瞄着我，我示意她把那盘香味绵长的蟠龙菜送到她爷爷面前。

女儿走到他爷爷的遗像前，点燃了三炷香，跪下磕了三个头。把一双崭新的筷子整齐地放在盘子上，请爷爷吃饭。

整个堂屋霎时间变得寂静无声，鞭炮声戛然而止，空气像被凝结一般，接着有人抽泣抹泪……

不一会儿，年夜饭的爆竹声响了，震天动地，五光十色，直冲云霄，怒放的烟花朵朵闪耀在爸爸寂寞的天堂。

内 疚

当时的谎言，仅仅是怕失去丁晓吗？一切解释都已经来不及。吴青突然觉得自己是天下最大的骗子！

丁晓是个诗人，她出生在梦里水乡的江南，天生丽质；吴青是个画家，也偏爱诗歌，他来自广袤无垠的草原，豪放质朴。丁晓和吴青同时从南方和北方飞过蓝天白云，在湖光山色林海中的诗歌与美术节上邂逅了。

那绿色森林散发出的清新空气，让诗人和画家陶醉其中。

那天，采风归来。丁晓和吴青同桌聚餐。大家在品味诗文的谈笑声中，频频举杯。

诗人丁晓心里荡漾起一首首美妙醉人的诗歌，上品的红酒醉了她的脸，泛红的脸色楚楚动人。

黄昏时分，大家漫步在森林浴场的林间幽径，聚集在彩霞映照的潭水边。在湖光山色别致的避暑山庄小楼前，画家吴青邀请丁晓在落日飞霞的湖水边留影。

翌日，当东方露出了鱼肚白时，丁晓心潮起伏，毫无睡意。她讲究地盘起浓密的青丝，点缀上闪亮的发夹，恰到好处化上淡妆。

丁晓依窗远眺着金色的太阳随水波轻轻地荡出水面，凉爽的清风吹拂着她美丽的面庞。

这一画面被不远处写生的吴青捕捉到了，他像单反相机似的抓拍下了眼前这幅画中的美景丽人。

吴青边画边惊叹道："好一个动人的画面！"

丁晓发现后，下楼走过去扯下画板上自己的画像，瞄了吴青一眼，头也没回地走了。

走了不远，丁晓忍不住细细瞧了瞧画中的自己，心颤了一下。

吴青的才情，给丁晓留下很深的印象。崇拜之余，她在心里记住了这个叫吴青的画家。

那几天里，森林浴场的林间幽径，总留下丁晓和吴青散步的身影。

时光太短！丁晓和吴青匆匆一别。

临别，吴青邀请丁晓加入他的西域青青书画社。

丁晓和吴青，回到各自的城市之后，联络便多了起来。她收集他的画作，他收集她的诗歌。

自从那次邂逅，吴青心如波涛，他惦记着丁晓，每天看她发给他的微信：倾慕你的才情！

看罢，激起吴青大胆的一句话，发给了丁晓的微信上：丁晓，我爱你！

但丁晓对吴青的表白，没有热烈回应。微信上，丁晓把话题转到别处。

光阴荏苒，又是桃红柳绿，恰逢果实成熟收获的季节，第二届诗歌与美术节开幕。吴青的画集《丝路新语》获敦煌艺术创新奖，丁晓的叙事长诗《彩路诗梦》获优秀奖。两人都来领奖，再次相逢的喜悦，让他们毫不避讳地拥抱在一起。

会议间游玩大漠绿洲、戈壁草原。吴青请丁晓在草原上骑马。吴青为丁晓挑了一匹黑马，她生平第一次骑马。她想象着端坐高高马背之上，自由穿行于草原、溪流之间，不见尘世喧嚣，无忧无虑。

正想着，她被扶上高高的马背，她先是咯咯地笑。黑马渐渐地跑

起来，驰骋在草原上，她有被悬空的感觉……马背上，丁晓望着远处蓝天白云，山脉的深浅蓝影；近处青黄交错的颜色，起伏的山地草原的柔美线条；草原上成群的羊群，错落的敖包，斑驳的树荫，养眼养心，她心胸顿觉开阔起来。

再次分别，再次回到各自的城市，彼此的思念却陡增了十倍。

浓烈的感情，似火焰一样，在吴青和丁晓的内心燃烧起来。几个月之后，抵挡不住思念的煎熬，丁晓飞到了吴青的城市。那天，吴青有一个会议，不能脱身，他便派司机去机场接丁晓。

且夕祸福难料，一场噩运悄悄来临。司机接到丁晓后，在回来的机场路上，发生重大车祸，车毁人亡。面对丁晓的遗体，吴青悲恸过度，几次昏迷。稍有清醒时，吴青就非常内疚地想：那天为什么犯浑，当丁晓告诉他是单身时，已婚的他竟然跟着顺口说自己也是单身。

当时的谎言，仅仅是怕失去丁晓吗？一切解释都已经来不及。吴青突然觉得自己是天下最大的骗子！

白梅旗袍

她简直心动至极。他看出了她的心思，他提议把她的结婚礼服设计为"金剪刀"旗袍款式。她羞红了脸，心里却甜滋滋的。

那天，寒风凛冽，乌云翻滚，哭声呜咽。一个女子的葬礼在某殡仪馆举行。前来吊唁的亲朋好友在花圈和挽联簇拥下的追悼会场，缓缓与遗体告别……

人群中有一位头发花白，眼含悲泪的涂教授，他颤抖的双手捧着一件闪亮的金剪刀旗袍婚礼服，朵朵白梅映衬着他沧桑的脸。教授要把这珍藏了十多年的白梅旗袍送给女子做陪葬品。

透过模糊的泪眼，教授眼前的画面渐渐清晰起来：

二十多年前，他还是一个土气的农村小伙子小涂，脚穿着姐姐一针一线做的布鞋，身着妹妹设计缝制的粗布衣服，肩上斜挎个军绿书包。他的姐妹都是江南水乡身材窈窕的美女子，他暗想自己一定要亲手把她们打扮得如家乡的风景一样美丽。他天天三更煤油灯火夜读，日日五更雄鸡啼鸣早练。终于在一个稻花飘香的收获季节里，一张名牌大学的录取通知书如期而至。

在那所他钟情的大学学院，他选择了他所钟情的专业，他遇到了他所钟情的一个女孩——一个来自江南水乡的同一学院服装设计专业的女孩白梅。

几年后，小涂留校任教兼稿艺术设计研究，其中艺术摄影，服饰美工等他样样钻研。白梅邀请他观看她的毕业采风设计作品服装秀，并为她拍照。他欣然同意并愿意效劳。

白梅的 T 台秀是在江南水乡的旗袍小镇举行。

江南水乡，水的温婉秀美哺育出人的灵秀。旗袍小镇水一样沉静柔美。

她和他深深地陶醉其中，熏陶于心！

眼前的精致全定格在小涂的摄影机里。

河上的诸多民居和建筑，意境幽美。他将其定名为"江南人家尽枕河"。加上园林中的池塘、古色古香的栈道等，好一幅生动气韵的旗袍小镇。就差白梅的佳作点缀其中。

小镇河流交错纵横，小桥流水；河中舟楫往来，旗袍女子坐在船头，倩影摇曳晃动，慢慢远去，如此的场景怎不叫人心醉！

旗袍小镇露天水上旗袍 T 台，白梅青春靓丽，闪亮登场。她设计的白梅图中式旗袍秀场搬至水中，绸缎一般轻盈的流水潺潺流过，丝绸如水，水如丝绸，涟漪荡漾，水波轻轻摇曳，旗袍惊艳亮相缓缓绽放，将其串联成一个气韵相通的整体，让小镇变得更为柔美飘逸。舞台的灯光在水的投影中变得更加迷离多彩，这该是多么唯美震撼的视觉享受！

闪光灯在不停地闪亮，记录下这场美丽惊艳的瞬间……

他和她相爱了。

他和她相约来到了她的家乡——常熟。

常熟风景秀丽，人杰地灵。人好，友善，包容性强。

常熟遍地都是服装店铺，俩人的相恋和采访就从参观那座时尚大气，别具一格，十分瞩目的"金剪刀大楼"开始。在那里她欣赏了一排排珍裳衣柜，看到那些品质高贵的专属定制服装，她简直心动至极。他看出了她的心思，他提议把她的结婚礼服设计为"金剪刀"旗袍款式。

她羞红了脸，心里却甜滋滋的。

在金剪刀大楼两人观看了一个苏州电视台录制的小故事短片《情缘旗袍延续亲情》，说的是一位苏州孤女许晨，从小由奶奶养大，奶奶故去后，整理遗物，发现奶奶所有的照片都穿着端庄美丽的旗袍！许晨捧着奶奶最喜欢的一件旗袍几经周折找到了江苏金剪刀服饰有限公司掌门人羽哥，要求改制一件自己穿的旗袍，甚至说出了"旗袍就是我奶奶"这样情深意切的话来。可是年份已久，面料布满了蛀洞，只能改制一件中式上衣……羽哥被这份情意所感动，不惜工本地将所有蛀洞用手工绣花补上，同时为了找一条相匹配的长裙面料，在广州花费了两天两夜。当改制好后，许晨穿上，激动地满含泪花：真是超出了我的预期！

白梅看完后，深受启发、感动和鼓舞，她眼前展现出羽哥梦想的"江南衣文化"的金名片！她决心自己亲手在结婚礼服上绣上象征忠贞、坚毅，凌霜斗雪，迎春开放，风骨俊傲，不趋名利的白梅花。

这个虞山脚下，尚湖之滨，以服装服饰为主题的江南衣文化的创意园深深吸引着白梅。

两人一起去寻觅开拓者的足迹。创意园水清树绿，风景幽静而美丽。有雅居茶室，有磨盘铺就的林中小径。这里鸡、鸭、鹅、羊成群，桃李梅梨等瓜果连片，葡萄架成排，一派令人羡慕的纯绿色生态，连空气闻着都微微有点甜。园内设立江南衣文化馆，时尚秀工场，文化广场，匠人之家，江南书院等，配套的有怡性果园，石板幽径，半亩荷塘等。白梅沉浸在无限的憧憬之中。

白梅开始给经过两人精心改制设计的金剪刀白梅旗袍礼服绣梅花。每次拿起银针绣制时，她都要默念：

《浪淘沙·喜与梅花做知音》

楼外夜岑岑。风过平林。华镫灯下度银针。绣朵梅花添画意，除却沉沉。

都道好光阴。胜值千金。如何情绪出兰心。欢与癯仙同紫陌，结做知音。

两人约定好了，等白梅绣制完婚礼服上朵朵白梅后就举行婚礼……

可是谁也没想到，小涂更没想到。有一天，白梅拿着银针绣制梅花时，忽然晕了过去，就再也没能站起来，她得了一种怪病。

小涂带着白梅全国各地求医问药，每天背下背上，楼高又没有电梯，他一直从小涂背到了老涂，依然没能治好白梅的病。十多年以后，白梅怀着对涂教授深深的愧疚和无限的爱意，怀着对金剪刀旗袍深深的眷恋，万分遗憾地离开了人世间。

涂教授的学生小梅在整理白梅师母的遗物时，发现了那件金剪刀白梅旗袍礼服。她从衣柜中轻轻取下它，慢慢地拿起银针，仔细地一针一线地把朵朵白梅花绣制完毕……

翠姐的年味

往年进入农历腊月，宁静多时的乡村日渐热闹。有钱没钱，回家过年。翠姐定时总在村头庄尾翘首以盼，老远望见亲人们一个个拎着大包小包匆匆赶回来，她悦耳的嗓门提得很高，脸上笑开了花。长时间冷清的家骤然变得热闹起来，整个村子也开始沸腾起来。

大年三十，翠姐天不亮就起床了，东边没见太阳升起。天阴沉沉，雾蒙蒙。一群鸡比她起得还早，它们飞到枯黄的稻田，打不到野食，便团团挤挨在一起抱团取暖；两只公鸡伸长脖子，挺起胸膛"喔喔喔"打鸣，火红的鸡冠十分耀眼，闪亮多彩的羽毛尾巴在习习冷风中起伏，安静的村庄一下醒啦。

翠姐跑到地里摘了几把新鲜青菜扔给群鸡，又将新打的稻米喂了一钵，翻毛鸡、芦花鸡、白洛克个个点头疯抢。翠姐对着这群小财神言语道，这是最好的待遇啦。吃完这餐，你们就要成为蘑菇炖小鸡咯。别怪我不客气，会生蛋的小精灵，我哪舍得你们？过年了，不一会儿，我的儿女儿媳孙子，弟妹弟媳妹夫都要回家团圆啦，个个都盼着这顿美食呐！

翠姐年轻时是村里的大美人，聪慧能干。因妈走得早，她从小辍学，干起了农活，利索泼辣，一把好手，养家糊口，供弟妹读书。现在一大家子人都出息了，跳龙（农）门远走高飞啦！可她自己从没离开过这屋前竹林堰塘、屋后稻田菜地的村庄旮旯。

翠姐房前屋后跑出走进地忙开了。煤气炉和柴火灶并用，炊烟袅袅，一片生机；炉灶上一边卤着黄牛肉，一边蒸着蟠龙菜，一边炖着乌母鸡，蒸气升腾，热火朝天。猪年不杀猪，一头重400斤的黑猪很幸福地在新改造的豪华猪圈里呼呼睡得香。

　　翠姐早已急着到村镇集市上买了娃子们爱吃的黑猪肉香肠，做了侄女预定了的瘦肉蛋卷；自家种的红薯南瓜花生是弟弟的最爱，还有弟媳百吃不厌的屋前堰塘挖来的白嫩肥藕做的蜜汁藕片……想到这些，翠姐扭动苗条的身材，迈开轻快的脚步，像堂前燕似的莺歌燕舞起来。

　　想着儿女弟妹就快要到家了，她把东厢房、西厢房打扫布置得像模像样，干干净净，一家一间，像城里人一样讲究。

　　望着眼前丰收的景象，翠姐忆苦思甜起来：

　　往年家里穷，门前是凸凹不平的土路，雨雪时道路泥泞打滑，如今，庄稼丰收，丈夫生意赚钱，兄妹帮助，把院子铺满水泥路，红砖土坯房变成了青瓦白墙别墅，客厅里文化墙嵌上了70寸的大彩电；屋后以前是竹林遮掩的茅房，夜间需打电筒开后门照路，现房间里安上了白瓷蹲便器，太阳能和电热水器淋浴；过去院子中间一口深不见底的水井，取水从一根绳子一桶桶往上吊到手压井水泵一下下往上抽，到现在告别井龙王，不见井踪影，水井成为历史过往。但那井中沁人心脾，滋润大地的汩汩甘露却总是令人回味无穷的……

　　往年进入农历腊月，宁静多时的乡村日渐热闹。有钱没钱，回家过年。翠姐定时总在村头庄尾翘首以盼，老远望见亲人们一个个拎着大包小包匆匆赶回来，她悦耳的嗓门提得很高，脸上笑开了花。长时间冷清的家骤然变得热闹起来，整个村子也开始沸腾起来。

　　翠姐现在也变得时尚了，由老人机换成了儿子送给她的智能手机，可在自家院子里遥控了。她是个好强的人，三八女强人的桂冠早已戴到她的头上。为了年年春节的年味，她把农家操持的装备逐步齐全起来。

翠姐想，亲人们回家过年再不用去住宾馆了。于是高兴地急不可耐地拿出揣在口袋里的手机开始一个个打电话催呀。

首先她给女儿雪娃子通话，女儿给妈充话费了，美国长途贵啊！娃子回话，妈呀，我给你邮寄的名牌化妆品都收到了吧？这边冰天雪地呀，家乡也下雪了吧？我正在大学实验室做实验呢，很累！我导师也在，所以没空给您打电话，春节回不去啦，妈，我好想您想家哟，想看看您的照片，还想弟弟……

第二个她打给了自己的弟弟，弟弟喊得甜，姐啊，刚准备出发回老家，几个董事突然说，到海南三亚聚一聚，有要事相商。已加订了飞机头等舱，我给家里带的烟酒年后一定抽空送来，祝你们过个好年……

第三个她要召回的是自己的丈夫，可听到的回答是，翠呀，你辛苦啦！等城里的工程完结，账全要回的时候，我就回家踏踏实实地同你一起过安稳日子，再也不分开啦……

眼看晌午的年饭就要到时候了，万响的鞭炮早已备好，摆在贴有横批为"喜迎新春"和上下联为"喜居宝地千年旺，福照家门万事兴"烫金大字的院门口，待儿子春娃子回来燃放。

翠姐的堂妹听说春娃子正加班呢，一时半会儿回不来，儿媳妇正在哄着奶娃子也脱不开身，就急忙赶过来帮厨。

还有一件翠姐得意的东西就是农村人现在冬天尤其是春节年饭用的取暖桌，既能取暖，又能做饭煮火锅。每年弟媳妇都嫌这儿太冷，关节受不了，今年她特意淘汰了烤火的碳火盆，为她准备了边吃饭边烤腿的新式玩意。可她今年又不回来了。

取暖桌上，大碗小碗大盘小盘都热气腾腾地端上来了，两个火锅炖着刚杀的母鸡，香气扑鼻，鲜美无比。渐渐地鞭炮声越来越浓，此起彼伏，震耳欲聋，烟花五光十色，直冲云霄。这正是翠姐期盼的年味！

她笑了，嘴角僵硬地往上扯，心里五味杂陈。

这时，翠姐的妹夫来了，两手作揖状说，恭喜恭喜，刚去看望了一下孤寡老人，来晚了。堂妹欢快地迎出来，对着他喜悦地喊道，我恭喜你，新上任的村书记……

在屋门口，村书记给翠姐照了一张相片，他说发给国外的雪娃子。翠姐的眼睛笑成了一条缝，手里还提着刚从地里拔出来的油绿的菠菜，那是妹夫最爱吃的凉拌菜，这张照片翠姐笑得真开心！

包子与手机

我气喘吁吁地上了几层楼，回到家中，打开皮包一看，发现新手机不见了，到处找也没有。是女儿带走了？掉在"的士"里了？还是……

要过年了，户部巷美食街上人群熙熙攘攘，车水马龙，各种美食的叫卖声此起彼伏，各种各样的狗也追着主人忙着窜来窜去，一派水泄不通的景象。

"刚出笼的新鲜包子，有鲜肉馅、牛肉馅、酱肉馅、红糖馅、青菜蘑菇馅……"老板娘如数家珍似的喊着，吸引了很多顾客。包子铺的生意蛮好，排队买的人很多。

女儿说她饿了，踮着她跳舞排练完泛痛的脚边说边往包子铺奔去。她挽着我的手臂说好累，又拖着我想快步往前走，在摩肩接踵的人流中挤来挤去，一不小心就和迎面来的人撞个满怀。

我想，女儿接着还要上作文培训课。上周不是等了四十多分钟都没拦到的士，迟到了吗？不行啊，来不及吃包子了，当务之急是拦的士呀。

走着走着，女儿叫起来："空车，的士。"她一个箭步冲过去，一对年轻人跑得更快，率先拉开了车门，只见司机摇摇手说，方向不对去不了，然后头也不回地开走了。

女儿看着热气腾腾的包子两眼放光，她乌黑的马尾辫一甩对我说：

"我要吃包子，你快拿钱去买。""哎，你这个伢，你不怕迟到？"我们只好一个排队买包子，一个在巷子拦的士。

我站在繁忙喧嚣的小巷，寒冷的空气仍然是刺得脸发疼，把棉衣领子竖起来遮着半张脸和耳朵，腿脚也感到酸疼和麻木了，呼吸也有些不顺畅了。好不容易看见一辆车减速驶来，后排座位的乘客正在拿钱包掏钱。我连忙对着女儿大声喊："有空车了。"说时迟那时快，从不同方向的人快速地涌向了"空车"说道："去汉口，去汉阳，去洪山……"司机伸出头来说：："哪里都去不了，肚子饿了，去吃饭，暂停。"唉，空欢喜一场。

我又钻进买包子的人群，终于拎出一袋不同馅的好吃的包子。女儿一边美滋滋地吃着，一边忙着招车，手臂伸得直直地不停地上下摇晃……

已是夜幕降临，华灯初上，街上的店铺霓虹灯闪烁，一辆又一辆"空车"都要去交车下班。正当我准备掏出手机拨打"66667777"电招车时，奇迹出现了。只见女儿朝着来车的方向飞跑过去，抢先一秒，敢为人先，拉开了一辆空"的士"的门。在暖烘烘的车内，坐靠在后排软座上才舒了一口气，暂作歇息。我便拿出了我新买的手机，看了又看，摸了又摸，摆弄起来。女儿睁大了她那好奇的大眼睛说："我从来没见过这么大的手机，真牛，我也想要。"我说："这是 6.3寸大的，32G 内存。"司机扭过头来，看了一眼手机，插话道："大姐你这智能手机很贵呀！我想要，没舍得买。"女儿迅速抢过手机，比我熟练地玩起来，一边还使劲吃着包子，"妈妈，你尝尝，糖包子好吃。"

"好香啊！"司机说着并吧咂嘴。车子驶上长江大桥，桥上一排排五颜六色的灯光倒映在波光粼粼的江水中，衬托出江城美丽的夜景。"我吃饱了，还有两个留到下课吃吧。先咬一口看看是什么馅的，呀!是青菜蘑菇的,也是我喜欢吃的。"女儿说完,继续很有兴趣地玩手机。

司机又转过头来,吧唧着嘴,并朝车窗外张望。夜色中,我趁着灯光,我看清了司机是在看"扬州包子"店铺。此时我已猜透了司机的心思,我问:"你是不是想买包子,可惜关门了,店老板肯定回家过年去了。""是啊,不瞒你说,我从上午 11 点接班,到现在一点东西都没吃,饿得要命,看到你们母女俩着急的样子,我要先把你们送到。"我说:"这样吧,师傅,你要是不嫌弃的话,我们这里还有两个包子,你就拿去吃。"司机二话没说,伸手接过我递过去的包子并且说:"谢谢!"我突然想起什么,补充说:"哎呀,有一个包子被孩子咬了一口。""孩子咬的,不碍事。"司机不介意地说。

到课堂了,女儿还拿着手机不放。我催她先下了车,我急忙整理着满载而归的购物袋,让车继续往家开,车一停,我掏钱付费时,司机急不可耐地拿出包子吃了起来,顺便往后排座位看了看,好像要说什么。忽听见"滴滴出行"抢单提示,有人现在正招他的出租车要到飞机场去……我疲倦地收拾好我买的年货,推门下了车。

我气喘吁吁地上了几层楼,回到家中,打开皮包一看,发现新手机不见了,到处找也没有。是女儿带走了?掉在"的士"里了?还是……完了完了,的士肯定开走了,发票也没拿,人都找不到了,再上乘客就更完了,新手机的号码我也记不得,唉!白买了。

正当我急得团团转的时候,我家门铃响了。我心里又慌张又惊喜,莫非手机有下落了?一个熟悉的声音传来,正是刚才那位司机。他请我马上下楼去,说他的车还未熄火。

我心存疑惑地三步并成两步冲下了楼,司机已候在门口,伸长了手还给我手机,他说:"你手机丢在后排座位上了,手机来电说你婆婆心脏病突发，正在医院抢救……"

　　他大约发现我惊慌失措，一筹莫展的样子，静静地等在门口说："我送你去医院吧。"

　　那辆车载着我在夜色中向医院的方向飞驶而去……

山重水复

啊！他也晕倒了！医生给他注射了葡萄糖，他很快清醒过来，原来是长时间饥饿和低血糖所致。

在 W 市有一座大学依山傍水，风景秀丽，环境幽雅。

可是，近来水龙王发脾气了。就在前两天 W 市遭遇了史上最强的一次降雨，从前几天雨下到今天都没有停。

半夜，一道耀眼的电光把天空和大地照得通亮。紧接着，传来一阵天崩地裂的声响，打雷啦！闪电似一把利剑划破长空，似一条矫健的白龙把乌云四分五裂，又宛若一梭光弹，响彻哭泣的天空……

恐怖的新闻报道源源不断地从媒体传来：

昨日下午 3 点半左右，由于强暴雨的不断冲刷，校园依傍的山体的一段突然滑坡垮塌。

W 城区有 45 处路段车辆无法通行，有社区渍水深约 1.5 米，湖面水位已超过警戒钱。一小区地下车库遭渍水倒灌，车库内百余辆汽车遭遇灭顶之灾。

W 市的一个经济开发区的科技公司厂区院内院墙，因持续暴雨引起突然倒塌 15 米。厂区内宿舍到车间上班途中的数名员工被倒塌的墙体埋压遇难。

市教育局发布暴雨天气停课通知，市政府紧急提示连续强降雨多日，路面上存在许多如：倾斜的行道树，掉落的电线，脚下的窨井盖等等安全隐患。

我的心情焦急万分，我的公公身患癌症，千里迢迢来本市大医院治疗。

丈夫正在国外开一个国际会议，近期回不了 W 市。我好不容易预约到"一把刀"专家大夫，公公明天必须住院做手术，事先要到医院住下进行一系列手术前的各项检查，床位还是托熟人好不容易弄到的呢。

我的天呀！人命关天，耽误不得啊！

我和女儿都惊吓担心得几乎一夜未眠，不断被雷声惊醒，闪电照醒，雨点打醒……

我公公连穿鞋的劲都没有，身体变得瘦弱不堪，脸色铁青难看。孙女帮他系好鞋带，我搀着他，打开门。他扶着墙一小步一小步往前挪，艰难地下楼梯。

楼房外，电闪雷鸣，狂风大作，暴雨如注。我不停地祈祷苍天。

校园大门口广播喇叭声几乎被风雨声淹没。

我听见紧急提醒：暴雨攻陷 W 中心城区！交通全面瘫痪！这些路段全部走不了了……

我看见校车队通告：所有校车全部派出……

大雨滂沱，橙黄色的身影跃动着，他们在暴雨中疏导交通；为了正常上班，有人卷起衣裤奋不顾身，在齐腰身的大水中行走；时而有鞋子漂浮水面，瞬间被大水卷走。

我听见有人在说：街道交通管制了，到校园的所有线路的公交车在中心城区道路就打转回起点了，全部不能开到学校，否则每次就罚司机 600 元。

我们等啊等啊，连出租车也看不到一辆啊！

这情形比我想象的更糟糕！

正当人头攒动，左顾右盼，焦急等待之时，正当我已经几乎失望，感到山重水复疑无路之时，一辆666路公交车出现了。它像乘风破浪的冲锋舟，像险象环生的救命舟，人们向它蜂拥而至，一眨眼，一个座位也不剩。我和女儿推拉着老人，他颤颤巍巍被众人挤到车上，有年轻人想给他让座位，但大家都已挤变了形，根本不可能挪动交换位置。我让女儿帮爷爷顶住，我用胳膊使劲撑着车门口的扶手，给老人留出一个空间，别人的箱包把我拱得手臂要断了似的痛。

车比蜗牛走得还慢，人们在 W 市看"海"，车辆行驶的马路变成了停车场。

司机是一个面庞瘦削白净的二三十岁的小伙子，身穿一件短袖白衬衣。

他和乘客攀谈起来，边说着眼睛仍直视前方，瘦骨嶙峋的双手紧握着方向盘。他说得知学校的人被困了两三天进不了城区，他发誓一定要冲进来解救大家。

车上传出一片啧啧赞赏声。有的说，我升级当奶奶了，早就想去看孙子了；有的说阳光小区的人在院落划木船，只许出不许进，我闺女住那要搬迁，我惦记啊……

司机说，只要你们肯出 600 元钱，保证司机都愿意开进来。有人提议车上每人出一元钱，但是也没有多少人响应。好不容易到一站，只有上车的，没有下车的，拥挤得让人窒息，搞得司机前门都不敢打开了。

司机说，别人跑一趟只花 1 小时，而我跑一趟只怕 4 小时不够，我一大早就上岗了，到现在快傍晚 7 点钟了，我连饭都没吃，快饿死了！我本来就低血糖。

车终于快到终点了，幸好医院就在终点站附近。此时我公公已是上气不接下气，面无人色，站都站不稳了。雨水早已淹过车轮进到了

驾驶室，下车时人群阵阵骚动，有人滑倒，一车人奔着往外挤。

突然，没见我公公了，听见有人喊，老人晕倒了。循声望去只见他整个人一半在车门里，一半在车门外，我喊了声，完了，救人啊！司机飞速跑过来，拖起老人，背上肩头，艰难而用力地蹚水前行。

到医院抢救及时，老人醒了。

我给了司机 600 元钱，他硬是不收，和我拉扯起来。他起身准备离开，然而还没从医院的靠椅站起，人就一歪，斜倒椅子上了。啊！他也晕倒了！医生给他注射了葡萄糖，他很快清醒过来，原来是长时间饥饿和低血糖所致。

我和司机加了微信，我们成了朋友。

母 亲

女人却说："不偏袒不行呀，儿子是个弃婴，从小是我捡回来抱养的。"我听后，嘴半天没有合上。

周末的夜晚，厚厚的云层遮住了星星和月亮的光芒。天边出现了一道长龙似的闪电，沉闷的雷声轰轰作响。

天要下雨了。

晚上10点，一个女人叫了我的出租车。上车后，她告诉我，去接女儿和儿子放学回家，儿子在一中，女儿在三中。

我对女人说："那就先去接女儿吧，三中近，一中远。"

不料，女人却说："先去接儿子，后接女儿吧。"

我觉得奇怪，舍近求远先接儿子，这个女人未免太重男轻女了吧？

客户是上帝，咱是干活的，上帝让去哪就去哪吧。

接着，一串豆大的雨点，落了下来，刹那间，一串又一串的雨点倾盆而下。大雨"哗"地就像塌了天似的铺天盖地从天空中倾泻下来，雨点连在一起像一张网，挂在车窗前。

车开了一阵塞车啦。叭叭叭，车喇叭声此起彼伏，夹杂着雷声雨声，嘈杂鼎沸；车辆横竖交错，乱作一团。

我的车被堵在了一中一公里以外的十字路口，十分钟、二十分钟、三十分钟一步都没挪动，水泄不通啊！

这个活干亏了，我试探着对女人说："大姐，不行您就换辆车吧，或者下车走一段路去接，这样我也等不起呀，我是指这辆车养家呀！"

女人说："我的腿最近关节损伤，刚做完理疗，弯曲十分疼痛，医生嘱咐尽量避免行走，更不能淋雨。我会给你另加车费的。"

女人的手机响了，是儿子结结巴巴的声音。学校规定不让学生带手机上学，他告诉他妈妈是借别人手机打的，问车到哪了。

女人告诉儿子，现在塞车啦，让他往车这边赶，朝车行进的方向，还告诉了他车牌的尾号。

一分钟、两分钟、十分钟过去了，车内有些闷热，我打开一点点车窗，雨见缝插针，肆无忌惮地打了进来，脸上冰凉凉，冷飕飕。

车在滚滚而来的雨中和源源不断的车流中进退两难，无逃离之地。我一脚一脚踩着油门缓慢前移。

我情绪焦急："大姐，我这时间真耗不起呀！您每天都这么来接吗？孩子这么大了，可以让他们自己搭车回去呀。现在的伢太娇生惯养了，家长都呵护过度了。像我们那时候，父母哪管呢，都是自己骑自行车回家。"

我拍打方向盘，语气急速地说："我开晚班的就靠这时段赚钱，在商言商，错过了这段高峰期就没什么生意啦，我们还要活命呐，真不该接你这趟活。"

女人说："除了你车费，我会另给你 100 元。"

女人都这样说了，我还能说什么呢。

此时风停了，雨住了，道路畅通了。我们在十字路口刚才的堵点，看见了正在那儿守望等候的女人的儿子，他有点冻得瑟瑟发抖的样子。

女人指着前面说："快，那是我儿子，咱们把车开过去！"

这时，女人的女儿电话打进来，问："妈妈到哪了？我在校门口等呢，可冷了。"

女人说："丫头别急，现在马上接到你哥了，你先找地方躲下雨，我们过会就去接你。"

　　我不无抱怨说："大姐，您先去接女儿多好，女儿现在已经在车上了。别怪我多嘴，您太偏袒儿子啦！"

　　女人却说："偏袒不行呀，儿子是个弃婴，从小是我捡回来抱养的。"

　　我听后，嘴半天没有合上。

流浪歌手

城管人员也帮着收拾并且询问小伙子："这张照片是谁？"小伙子低头望着照片，眼里有了泪，用有些颤抖的声音答道："我卖艺赚钱就是为找到他！"

街边，一个小伙子一双冻得发紫的手紧握着麦克风，迎着凛冽的寒风引吭高歌。

小伙子身穿的一套黑色西服和黄色领带是刚从他身旁地上的行李袋里掏出换上的，之前他才和他同伴一起跳完一段街舞。此时，他把音响不断地放大，激情四射地唱着《怒放的生命》：

"曾经多少次跌倒在路上，曾经多少次折断过翅膀……"

洪亮的歌声吸引了街上的行人和游客，听众围了一层又一层，驻足聆听，融入了如泣如诉的意境中。

正在这时，朝小伙子迎面走来两位穿制服的城管人员郑重地说："小伙子，你扰民了，有人投诉，楼上有心脏病患者，别唱了，走吧。"

这时，从高楼里走出一个中年女人，手臂上挎着一个皮包，她抬眼一边上下打量小伙子说道："不好意思，请原谅，我母亲有心脏病，怕大声吵，所以只有请你停止。"一边拉开包数了几张纸币递给他，和气地说："这个，给你！对不起啦，我爱莫能助。"

小伙子没接她的钱，转身要走。他的视线转向了停在不远处的中巴车。他想他又要开着这辆车，走南闯北，不知去向，到处流浪。他和同伴开始收拾行头，还有讨钱的箱子。人们很容易发现箱子上贴着一张中年男人的大照片。

城管人员帮着收拾并询问小伙子："这张照片是谁？"

小伙子低头望着照片，眼里有了泪，用有些颤抖的声音答道："我卖艺赚钱就是为找到他！"一路人说："换个位置唱吧，人生处处有舞台！"

"等一等，"那女人又转回拦住他说，"我也爱唱歌，我是'手牵手艺术团'的歌手，每逢佳节都要到工人中去慰问演出，这是我的名片。"

小伙子睁大了兴奋的眼睛望望名片又看了看女人，激动起来。

他一步一回头，上车前猛地拉开车门，又扭过头望了一眼女人，他那青涩而冷峻的表情清晰地印在女人的眼中。

在车上，他不禁想起了一桩桩心酸的往事，男儿有泪不轻弹，泪水直往肚里流。

他本来应该拥有和其他孩子一样在父母呵护下的幸福童年，可是命运对他偏偏不公平。十一岁那年他被父亲抛弃了，他妈妈也跟一个叔叔跑了。

他是吃百家饭长大的。

他住过桥洞，水泥管子。数九寒天时冻得咳嗽，不能唱歌。一个喜欢听他歌的大学生脱下自己的棉衣披在了他的身上，温暖了他的心。

从此，他想只要自己还在喘气，就要努力，找到父亲，回报社会！

在华灯闪烁的城市车站地下过街通道口，在人流熙攘的广场上，他准备开始流浪歌手的生涯。他清晰地记得，第一天，看着来来往往的陌生人，自己怎么也张不开嘴，足足闭着眼睛犹豫了半天，歌声才从嘴里唱出。这时，一位路人说："唱得不错，放开嗓音就更好了。"受到鼓舞的他终于克服了心理压力，放开嗓子随音乐唱起来。

他经常听和唱《大桥上》，正像歌词中写的，"曾经的我徘徊在这座古老的大桥，失意和颓唐深深地写在我的脸上，我的孩子没有了妈妈，我失去了爸爸……"一直唱得泪流满面。

两年以后，那位中年女人成了"手牵手艺术团"的团长，一天，她率团到西部地区去慰问演出。她突发奇想，想到大漠绿洲、戈壁草原这卓尔不群、逶迤千里、生机无限的地方去寻觅草根歌手。

她走在西部边陲一个小镇的街上，浮想联翩。忽然听见一个男子的声音："大姐，把你的包放前面。"她的手马上去摸斜背在身后的装着演职人员费用的包，包的拉链已被拉开，有小偷。她吓得出了一身冷汗，幸好钱还没被偷走。

循声望去，眼前的人让她惊讶了！这个眼神她是忘不了的，由青涩冷峻变成了淡定执着。他不就是两年前在她家楼前献艺的那个歌手吗？她想她要寻找的草根歌手就是他。

她和他激动地握手，她心里一阵愧疚，对他说："跟我走吧，到我们团去一起参加义演。"

小伙子兴奋不已，一改原先一直对这个女人的排斥态度。此时这位女团长在他眼里似荼蘼花开，犹胜夏日的艳阳。

女团长联想起新闻网上的报道，一个流浪歌手为寻找生父二十年卖艺打拼的感人故事。

在许多城市的大街小巷，他那仿佛世界都已静止的倾情演唱，引起围观。粉丝们每天去听他唱歌，有的给他送水，找他签名……他把歌唱到了新疆、内蒙古，甚至印度。

有人问他："印度人听得懂你唱歌吗？"他说听不懂，但是音乐不分国界，歌中的感情不同国家的人也是能明白的，并被打动。他们不但没赶他走，反而给了他不少钱，让他出版了个人的专辑。

流浪歌手登上了美轮美奂，五光十色的大舞台。

　　此时，他的生身父亲正在工人观众当中观看手牵手艺术团的慰问表演，通过手牵手服务热线，歌手找到了他日思夜想的爸爸。

　　他想，没有父母会想要抛弃自己孩子的，他今生的愿望终于实现了，这多年的苦他没有白吃。

　　女团长让小伙子向观众和亲人们说几句他最想说的话。

　　歌手握着话筒说："爸爸，你还不到 50 岁，牙都掉了，头发都白了。我发誓两年之后，让你什么力气活都不用干，在家享清福，我还为您开了店，买了房子。"

　　女团长把他父亲领上了舞台，父子相见。

　　四目相对，一边是曾经血气方刚的面容取而代之的岁月的风霜刻下的深深皱纹，一边是再不见当年稚气天真无邪的脸而显现出人间沧桑与成熟。

　　儿子上前张开双臂，父子紧紧拥抱，泣不成声！

　　儿子的泪水还挂在腮边，他含笑大声说："爸爸，我能原谅你，我爱你！"

寸草心

儿子被送进了诊断室，看着已经烧得抽筋的孩子，医生训斥起来："你们家长怎么这么大意啊，怎么现在才送来，孩子都快不行了。"

我十九岁那年，依依不舍地告别生活了九年的儿童福利院。

汽车载着我向乡野驶去。

车停在 W 市第二福利院门前。

十几个拄着拐杖的老人七零八落地散坐在院子里，一个含着指头、流着涎液的痴呆汉子直勾勾地望着我，口中嗷嗷地咕噜着……

我惊呆了！这一切让我感到陌生和害怕起来。

晚上，院里临时将我安排到一间破旧平房里住宿。

喝水得到一口野井中打水。

没有床，我只好在地上铺上一块门板当床。

夜深人静，我疲倦地渐渐睡去，身上突然觉得一阵瘙痒，是什么东西在爬动！我吓得哆哆嗦嗦地打开灯，几只老鼠吱吱地从床板上溜走，大腿不知何时已被跳蚤咬得满是红疙瘩……我抱着枕头大哭起来。

我梦见了我日思夜想的妈妈，我四岁时她抛弃我离家出走；我梦中喊着威武的远洋船员爸爸，他救人被海浪吞没，再也没能回家带礼物给我啦……

第二天，腿上红肿流脓水，钻心地疼。我拎着行李，边哭边向院外的马路走去，我要离开这与青春生活大相径庭的地方。

一阵急促的自行车铃声从身后传来，福利院的队长气喘吁吁地骑着车追了上来。"星星，你这是要走吗？我们这地方偏远艰苦，还有二百多位老人要人照顾，让你受苦了。这里有些中药，是止脓活血的，院里的一片心意，希望能治好你的病。"一种久违的父爱涌进心头。我颤抖着接过中药，泪水大颗大颗地涌出眼眶。"队长，您别说了，我不走了，我要回去！"

老队长没想到，我这一回去，一待就是三十多年。

从豆蔻年华的少女到历经沧桑的妈妈，从普通的护理员到福利院院长，在这条路上我走了整整三十七个春秋……

当初，护理对我是一个陌生词，我就拜师学医，在自己身上扎针，完好的手臂被扎得血肉模糊。我既是医生、护士，又是女儿、朋友、妈妈。

双目失明的王爹爹刚被送进福利院时，浑身脏臭不堪，指甲里满是泥，我为他洗澡。听见是女性，他大发雷霆，紧紧抓住衣服不肯脱。我劝慰他："大伯，对于我们护理员来说，眼里没有性别之分，您要是愿意，就把我当女儿吧……"老人颤抖着手接受了。自那以后，我总抽空和王爹爹谈心，扶他散步；还为他烹制可口的饭菜，并一勺勺地喂到他的口中。一天，他自言自语道出他的生日，儿子却不能来看他。我就到城里买了一个大蛋糕为他庆祝生日。王爹爹流着泪，吃下了一块又大又甜的蛋糕。他拉着我的手，哆嗦地从枕头下摸出三百元钱。"星姑娘啊，我晚年最幸运的就是遇见你。这点钱是我的心意，你一定要收下。"我百般推脱，他哭着喊道："你要是不收下钱，我就是死也不会瞑目。"几天之后，王爹爹带着一丝慰藉，安详地离开了人世。我把三百元和他的临终遗言转给了他的儿子。在王爹爹遗体前，他儿子哭着"扑通"一声跪在我面前。

往事一幕幕从我脑海中闪过。

那年我儿子出生，给我平添了无穷的乐趣，也给本已忙碌的生活增加了许多烦恼。无奈之下，我只好将孩子送到婆婆家，婆婆不高兴地说："自己的孩子不管，一天到晚去照顾别人的孩子，哪个当妈的是这样的？"我没有争辩，含着泪水又回到了福利院。

冬天来临了，院里不少老人患了病。一天临近下班，从小得过麻风病的陶奶奶突然发病。我风驰电掣般地把额头滚烫的陶奶奶送到了急诊病房。

忙活了半天的我才想起来，儿子前几天接回来了，现在还一个人在家里。我赶回家，发现儿子正快快地躺在床上说："妈妈，我头痛。"我用手一摸，果然有点发烧。我没有太在意，想到病危的陶奶奶还急待照顾。我给孩子喂下几颗药，拿了几块饼干放在床头。"听话，好好休息，妈妈明天上午就回来。"说完这话，我匆匆离去。

我在陶奶奶床头陪护了一晚上，不停地摸体温，看吊瓶，陶奶奶慢慢闭上了眼睛。等我把她擦洗干净，料理完后事，已经是第二天了。当我拖着疲惫的身体准备离开医院，却发现丈夫抱着儿子急匆匆地跑了进来。

"儿子怎么了？"

"你还记得儿子！他都病成这个样子了，你这个当妈的跑到哪去了！"平时温和的丈夫大声吼叫道。

儿子被送进了诊断室，看着已经烧得抽筋的孩子，医生训斥起来："你们家长怎么这么大意啊，怎么现在才送来，孩子都快不行了。"

急救、打针、住院……孩子的命保住了，但一个噩耗传来：孩子高烧太久，得了脑膜炎，影响了大脑发育，最终导致智力障碍。

望着儿子懵懵懂懂、一步一晃的样子，我泪流满面，痛哭失声："孩子啊，妈妈不好，妈妈这一辈子都对不起你啊！"

我要从此告别福利院！

……

当我拖着行李准备走出护理区大门时，听见十几岁先天痴呆的牛牛坐在脚盆中自言自语；看见被大火烧伤、面目全非、左右手全部截肢、只剩下手腕骨头的、有严重自闭症的毅毅正浑身发抖；还有我收进院的浓眉大眼的自闭症雁雁，因癫痫病摔伤头和一排门牙，正龉牙朝我大笑着，哦呦哦呦乱叫……

另几个孩子像燕子一样扑了过来。"星妈妈好！你亲我一下！"孩童稚嫩的嗓音欢快地在护理区的小院环绕。

"星妈妈，我，我昨天写了一张贺卡，中秋节快到了，我送给你。"自小智力障碍的文文蜷曲着小手拿着贺卡，歪着脖子，咧着变形的嘴巴，含糊不清地念道："亲爱的星妈妈，你给我带来的关怀和爱让我拥有一个快乐的家，有了你，就有了我最美好的幸福……"我将孩子们搂在怀里，眼里涌出了泪花。这些孩子没有一个是健康的孩子，都是被家人遗弃或被收养到院里来的。

我想到自己的儿子，他还有父母的关爱。我有什么理由离开这些残缺的花朵和那些需要关爱的人群呢？

"谁言寸草心，报得三春晖。"今生今世我与残疾护理事业已结下了不解之缘！

望　潮

途经一个渔村，不巧遇到了强大的台风泥石流，整个村子基本被淹没。从那时起，我再没能见到大龙和我们的阿仔……

早春，在蔚蓝海滩，一个皓首苍颜的妇人，披着一条宛如大海的蓝底白条的大披肩，抵挡着清晨习习凉风。"早潮才落晚潮来，一月周流六十回。"几十年来她依恋大海，习惯望着苦涩的海水潮起潮落。

一个赤脚小女孩从红树林里跑出，带来一串银铃般悦耳的笑声，她赶海来了。

退潮后细腻的沙滩，显出无数密密麻麻的小洞，那是小螃蟹的杰作。女孩的小手掀开洞它就跑掉，很深也没有抓到，女孩气坏了。

波纹叠着波纹，浪花追着浪花。沙滩上大的、小的、长的、扁的、花的、奇形怪状的贝壳，被大海作为礼物一股脑儿送给了女孩。女孩儿欣喜无比把礼物兜在裙子里。忽然，一个亮闪闪的雪白无瑕的海螺被她发现了，她极喜欢，用红绳子穿起，戴到了在海边望潮的那老妇人——她的奶奶的脖子上。妇人诧异而惊喜地看着这洁白的海螺，沉思良久，她依旧清明的眼睛里诉说着许多的沧桑和悲凉。奶奶紧捏着孙女的手说："孙女呀，奶奶给你讲个辛酸的故事……"

忽听海边一座天蓝色浮桥上，传来跌宕起伏的尖叫声，打断了奶奶的话，孙女闻声拽着奶奶登浮桥去了。

站在浮桥看平静的大海，烟气浩渺，波光粼粼，沉鳞竞跃，晴空万里。偶有微风吹过，激起浪花朵朵。一只只海燕穿行于浪涛与云层之间，还有那座突兀在涌浪与旋涡上的海岛。

那海岛是妇人魂牵梦萦的地方。

在浮桥上晃悠的女孩开始缠着奶奶讲故事。奶奶指着海岛的方向回忆说："那是三十年前的事了，你的爷爷叫大龙。那年他领着一个当时和你现在一样年纪的男孩阿仔，一起去海岛上寻亲。途经一个渔村，不巧遇到了强大的台风泥石流，整个村子基本被淹没。从那时起，我再没能见到大龙和我们的阿仔……"老妇人开始抹眼泪，接着捧起胸前的白海螺，似乎想起了什么说："阿仔也有一个这样的海螺……"

妇人话音未落，大海涨潮了。一米多高的大浪一个推着一个奔腾而来。海浪撞击着蓝色浮桥，迸出碎玉般的浪花。浮桥随着镶着银边的波花，一会儿被卷入浪谷，一会儿被推上浪尖。

浪又打来了，一排排蓝的波浪，顶着白色的花环，借着风势，飞快地向岸边涌过来，越来越猛。奶奶和孙女都摔倒了，孙女闭上眼睛急急忙忙地跳了起来，还未站稳，一个浪又朝她头上"噼"了下来，浪花四溅。海水拍打着她们的胸脯，海风吹打着她们的面庞。她们体验大海的魅力，她们触摸大海的浪潮。

身轻如燕的孙女趁着潮汐稍平稳的瞬间跳出了浮桥。她转身来牵奶奶时，却看见奶奶被一个皮肤黝黑的男青年托着正冲出汹涌澎湃的潮水，奔向沙质细腻的安全沙滩。

"哗！哗！"海浪一层层地赶来了，浪涛一排排像千军万马滚滚向前，猛烈碰撞拍打着卧在海边的礁石，溅起了几尺高的洁白晶莹的水花。

一朵浪花冲过礁石奔向沙滩，另一朵浪花也紧跟着冲了过来，把救老妇人的男青年猛烈地拍到了礁石上，他的膝盖撞破出血了，他脖子上挂的雪白无瑕的海螺也掉落到了细软的沙滩。

小女孩在细软的沙滩拾起那雪白无瑕的海螺，她看见了海螺上刻着"阿仔"两个字。

奈何桥上等千年

站在奈何桥边，董女士想起了和夫君的约定。年轻时的她是能歌善舞的，她常常和夫君对歌的呀……就像歌词中唱的一样。

天微明，伴随着悠扬的轻音乐，洪亮柔和的男声从广播喇叭里传出：

"各位尊敬的'维多利亚5号'旅客，新的一天的旅程开始了。愿我们的游轮带给您无需行囊、清新宁静的世界级一流豪华游船假期……请朋友们在一楼餐厅用早餐，我们即将前往此次旅行的最后一个景点丰都鬼城。"

定居海外二十多年的上海人董女士这次飞回祖国故乡，游览魂牵梦萦的大美三峡，她心潮澎湃，思绪万千，追忆亲人，感慨涕零，依依不舍。

在她掀开船舱标准间阳台落地窗门帘到观景台的一瞬间，她惊呼："美啦美啦！醉啦醉啦！"顺着浩浩江水望去，两岸峭壁千仞，山体逼仄，山高流急，雄伟险峻；红装素裹，一赤一白，格外分明，气势雄壮，紧束长江。这就是雄、奇、险、峻著称于世的"天下第一门"的夔门雄姿。

眼前的景色让董女士触景生情，无比激动。抚今思昔，她回想起二十多年前，搭乘木船，坐着小板凳在尖尖的船头，听着到处回旋的"山路十八弯"的曲调，看着光着身子的纤夫拉纤的情景，唱起的峡江号子还在耳畔轻咏，就像发生在昨天。望着洪流滚滚，波涛汹涌的峡江，她的俊秀的夫君的面容，年轻而壮实的身影便浮现在她的眼前，二十多年前她的丈夫因抢救航标灯，那被洪水冲走，再也没有回来！她仿佛看见高崖上他点燃的航标灯，那是他跳动的一颗赤诚之心，永不熄灭。

弹指一挥间啊！夫君，你在哪里？

董女士此次游峡江就是为了寻觅已逝夫君的忠魂。此刻，她顾不得去品尝游轮主厨各种拿手绝活，游客赞不绝口的中西餐美味佳肴。而是急忙来到了四楼宽敞的甲板上，观赏三峡中最短最美丽的一段瞿塘峡风光。

听着陪船导游的双语解说词，大家纷纷拿出十元人民币背面的夔门图案和峡谷入口处来对照。俯瞰夔门的景观，昔日的漩涡激流，威武雄壮已随三峡截流而去；取而代之的是"更立西江石壁，截断巫山云雨，高峡出平湖"的百年梦想得以实现，董女士感到没有遗憾。

拍照的游客一群一群，络绎不绝，来自江城的陪船摄影师只顾望着镜头，忙得不亦乐乎。

董女士的儿子和孙子带来了照相机，一定要拍下这难得的瞬间。不料，内存已满。董女士马上尖声惊呼起来："糟了，不得了啊！还有好多张照片都不见了。"孙子说："我 COPY 到 U 盘里了，可 U 盘被弄丢了。""你这个小赤佬，"奶奶点着孙子的脑袋说，"奶奶，你别着急，我看见摄影师追着我们拍了不少，大厅里有电脑屏幕显示。"

董女士慌忙下甲板舷梯，因为穿着高跟鞋，还差点崴了脚。在巨型水晶吊灯衬托下显得富丽堂皇的圆形大厅三楼，电子显示屏正滚动回放着无数张美妙绝伦的摄影师的杰作，董女士欣喜万分。

眼前展开一幅幅壮丽的山水画卷，奇峰竞秀，峡谷幽深，云蒸霞蔚。从宜昌到重庆全境六百多公里，可以饱览无数自然和历史人文景观。

不必说如神女般恬静宽广的西陵峡，阴柔雄浑之美的三峡人家，迤逦仙境般的神农溪，鬼斧神工般壮丽无比的巫峡，雄奇险峻的瞿塘峡，更不必说闻名于世界的三峡大坝双向五级船闸，昭君故里的高峡平湖风光的花园式秭归新县城，著名游览胜地"诗城"白帝城；单是那富含硒土壤的山区百岁老人村就让人心驰神往，流连忘返。

董女士突然看见，那不是她自己吗？身穿古色古香的花旗袍裙，耳朵上的金耳环和颈上戴的游轮上购买的天然金色珍珠项链耀眼夺目，交相辉映，她正在上气不接下气而又很有兴致地登着一级级台阶，去往神农溪上的山顶看大型歌舞表演《纤夫的爱》，孙子早已跑得无影无踪。

那不是自己的孙子吗？正捧着花生米在喂猴子，头上还正顶着一个小猴子，脸上笑开了花，很多猴子得知有口福，成群结队往山下跑，三峡人家的猴子很文明，没一个泼猴。

那不是孙子，正赤脚在潺潺流动、清澈见底的溪水中玩耍，喝着清冽甘甜的泉水，晶莹剔透的水花落在脸上、身上，身后是飞花泻玉、水雾缭绕的瀑布，儿子一手捏着只石缝里抓的小螃蟹，一手拽住了即将在光滑的大石头上摔倒的孙子。

董女士惊叹，摄影师水平真高，抢拍到美的瞬间。而且他有强健的体魄，每在一处景点，摄影师必定先到。

董女士迅速拿出一沓美元给摄影师说："你收下，这些照片我都要，你辛苦了，慰劳慰劳你。"他回答道："我不能收。"

董女士说："我买的三峡特产，说是可治高血压的，不知道叫什么粉，老板说要两千块钱，我立刻就付了，导游说我上当了。"人们常说："行善自有神佛佑，作恶难过奈何桥。"马上我们就要到丰都鬼城过奈何桥，接受考验了。传说，人死后鬼魂都要过奈何桥，它是通往地府的第一道关卡，这座具有灵性的桥是来惩恶扬善的。凡行善的鬼魂能顺利通过；生前作恶，死后便堕入十八层地狱，承受种种酷刑。

摄影师说："你是好人，做好人吧，连鬼都不欺好人——唯愿好人一生平安！"

董女士毫不后悔地笑了。

站在奈何桥边，董女士想起了和夫君的约定。年轻时的她是能歌善舞的，她常常和夫君对歌的呀，就像歌词中唱的一样。

她拉着孙子唱起了《刘三姐》里面的著名唱段，看过电影的人都知道，名字叫《藤缠树》。

连就连，你我相约定百年。

谁若九十七岁死，奈何桥上等三年。

连就连，你我相约定百年。

相恋只盼长相守，奈何桥上等千年。

……

英雄树

在革命年代，琼崖战士倚靠椰子搭棚设帐，用椰子水解渴，用椰子肉充饥，用椰子叶当被盖、作雨衣，用掏空的老树做土炮，用椰子水取代葡萄糖注射液救治伤员……

我携妻带子飞到了一个风景优美，物产丰富，景色诱人的地方。

我说，它是我国南海万里碧波之上一颗璀璨的明珠，它是富饶美丽的宝岛。

妻说，在宝岛，我感觉无论到什么地方，都可以看到一排排高耸入云、挺拔秀丽的四季常绿树木。

孩子说，宝岛的椰林风光最逗人喜爱。你看海滩上那一片片的椰子林，如同一道道绿色的屏障，那一棵棵高大挺拔的椰子树，树形奇特，树干没有分枝，树梢上的绿叶像一把撑开的大伞，伞下果实累累。海风吹来，绿叶摇摆，仿佛在向人们招手。

在宝岛，我们正好遇上"椰子节"，一家三口有幸随导游参加了大型旅游文化节庆。

我们住进了S国际饭店，按照旅游日程安排，我们游览了"椰子街"。

导游说，宝岛又称"椰岛"，椰子树是椰岛的象征。椰子树是常绿乔木，它可以称得上是乔木中的美男子，高大健壮，浑圆粗壮，又长又直；两三人才能环抱住的树干，一根粗粗的主干，绝无旁枝横斜溢出；一般高达6~7米，最高的可达两层楼高，有好多人会用它来做船，做房子；树干可以锯成一块块当床铺板，既结实又不生虫子。

那椰子的果实呢？作用就更多了。椰子树栽种8年后开始结果，全年不间断结果，尤其是秋天结的果实最多。椰子绿色的嫩果实内的液体可以饮用。

那天，孩子不巧身体不适，有点低烧。当地农民挑选了又圆又大的画有卡通图案的椰子，插上吸管。孩子一口口喝下清凉的椰汁，在炎热的天气里倍感神清气爽，逐渐退烧了；孩子喝完椰子水，又吃掉了它里面特别好吃的椰肉，像果冻一样滑滑的。

我记忆犹新地说，记得孩子还是婴儿的时候，喝了我从宝岛带回的新鲜椰子汁后，再什么饮品都不肯喝了。

当地椰子园技术员说，椰子是天然的果实。椰子生长在椰树高高的心窝里，经风雨受暴晒，一点点地吸收、积聚大自然赋予的丰富精华；椰树生长在海边椰园里，远离污染源，又不需杀虫喷药，一点也未受污染，纯属天然；椰子营养素全面，含有包括脂肪、蛋白质、维生素、矿物质、水和碳水化合物六大营养要素，对促进人体健康成长大有裨益。

孩子说要写游记作文。为更多了解椰树，我自驾车带孩子去参观宝岛上的"红色娘子军纪念园"。我们走进"红色娘子军连部"，"娘子军革命精神永存，自强不息的革命志向，不让须眉的革命勇气，坚贞不屈的革命品格"几行大字赫然入目。

纪念园的讲解员说，一直认为自己跟着共产党一辈子闹革命，理所当然就是共产党的王运梅，直到某一天一位游客问她党费多少钱时，才知道自己还不是党员。于是，当年100岁的王运梅，让外孙女代笔写了入党申请书。102岁的王运梅，终于如愿成为一名共产党员。

她用自己的行动告诉后人，什么是红色娘子军的精神，什么是信仰的力量！

孩子听到，在以前困难时期，椰树甚至救了许多人性命，因为他们有椰果充饥，补足养分。正因为如此，在革命年代，琼崖战士倚靠椰子搭棚设帐，用椰子水解渴，用椰子肉充饥，用椰子叶当被盖、作雨衣，用掏空的老树做土炮，用椰子水取代葡萄糖注射液救治伤员。

参观结束后，我们依依不舍地准备离开。忽然风暴来临，大雨哗啦啦落下，打得椰子树叶咚咚作响，园内管理员猜到我们的担忧，过来对我们解释说，别看椰树是世界上最高大的水果树，寿命可特别长，树龄可达 80~100 年；椰树的生命力很强，12 级的台风也奈何不了它；椰树耐阳光暴晒，即使遇上干旱的年份，椰树也不会"渴死"；不论山头、沙丘、海边，无论烈日、狂风、暴雨，不用人们精心管理和特别的养料。椰子树总是挺立着，顽强地生长着……照样生长结果。

当父亲问及孩子的观后感时，孩子说，我的作文有话说啦，椰树是母亲树、革命树、英雄树。

它贡献极多，需要的却极少。椰子树啊，你无私奉献、坚强不屈的精神不正是宝岛人民具有的精神吗？

椰子树是不屈不挠的，也是平凡的。它把自己熬风顶雨辛苦得来的果实，献给了人们，就像战士们把心献给祖国那样。椰子树这种精神，不正象征着我国人民为了灿烂的明天，生命不息、战斗不止的高尚精神吗！

瑶池行

我俩都开始有些不同程度的高原反应，阿龙的心率手环上也发现异常的心率数据。我劝阿龙打道回府吧，他却毫不犹豫地回答说，人生难得几回搏，风雨之后见彩虹……

一天，我偶然看到一条消息说，外媒评出的中国最美的 20 个景点之一是青海湖。

青海湖，外国人欣赏并给予溢美之词的青海湖。

提起青海湖，人们就会联想到"在那遥远的地方，有位好姑娘"，那首王洛宾作词作曲、给偏远的地方带来荣誉的"青海民歌"——《在那遥远的地方》。

提起青海湖，在我脑海里浮现出一些朗朗上口的广告词之类：寻梦青海湖，回归大自然；天高尘世远，宁静青海湖；华夏避暑胜地，世界屋脊瑶池；青之韵，海之情，湖之魂；人间绝代圣境，天下第一神湖。

此时此刻，我对青海湖的向往之情油然而生。它像传说，似梦想。我憧憬着走近青海湖，拥抱美瑶池。

大美青海，美在夏天，油菜花开得黄灿灿一大片时，一年一度的环湖自行车赛正是在这里举行。

我邀请了骑友阿龙，请他和我一起在青海最美的季节环湖骑行。

由于旅行旺季，机票可谓一票难求。登机后，我好不容易请求人家和阿龙交换了个位置，高高兴兴地和他坐在一起。

我和阿龙一路谈笑风生，我是杭州人，他是台湾人。我轻声唱起了西部民歌，他哼起了台湾小调。唱着谈着，旁人和我搭讪起来。我骄傲地说，我俩的赛车都是自带的，飞机空运而来。并沾沾自喜道，我的钛合金架公路车好，身材精干一点……阿龙不服气地打断说，他的钢架小轮车好，车都配有佳明码表和心率手环，车把上还配有运动相机。旁人点头笑答，你们两个土豪车友的车都很高端精美上档次！

阿龙来劲啦，讲起他在台湾的环岛骑行之事。他说那年他从台北出发，途经秀丽山岳，高海拔的海天一线壮美景色，眼见独特的红树林和湿地田园风光；也遭遇过恐怖台风，超大暴雨，崎岖坡路，骑了11天又回到台北。我感叹，这与每个人的人生何其相似呀，从哪里出发，最终又会回到哪里，在这过程中一定碰到许许多多值得记住的人和事，环岛之旅不虚此行啊！

看着阿龙心驰神往的样子，我饶有兴致地向他规划了我们此次环湖的路线。据了解，我说，一圈预计花10天时间。沿途经过草原、沙漠、牧区、花海。让你震撼的是，在盛夏平均气温15度的天然避暑胜地，举行环青海湖国际公路自行车赛。这一亚洲顶级、最大规模的赛事能在青海湖举办，足以证明青海湖在骑行界的分量！阿龙眼睛发亮点头赞许。

当西部航班飞机颠簸地降落在高原机场时，复杂的地形横亘在眼前，黄土层深厚，植被稀疏。而远处那山豪迈玲珑，阳刚灵秀；那天高远湛蓝，云朵绵白；那花此起彼伏，繁华若锦。我们走进了恰如一幅浑然天成的油画般的美丽季节。

第二天，艳阳高照，湛蓝高远的天空下，皮肤感到炙热发烫。我俩喷上防晒液，戴好遮阳帽和墨镜，全副武装起来；否则真会像游客告诫的那样，强紫外线会把人晒得黝黑和脱皮呀！

我俩高呼，青海湖！我们来啦！

骑行旅程很长，一路满目蓝的湖水，黄的菜花，让我俩时常交换欣赏的眼神；跑得饥肠辘辘时，没尝过西部美食的阿龙也不会拒绝那肉赤膘白、油润肉酥、质嫩滑软的手抓羊肉和浓郁奶香、酸中带甜、凉爽无比的青海酸奶。

行驶途中，遇到了羊群过马路，羊群挨挨挤挤成一大团，憨态可掬地从我们车边擦过。阿龙面对各式各样数百头可爱的生灵张起耳目，但他听不懂牧民说的，它们全身都是宝，既是肉嫩味美的营养食品，又是牧区人民的御寒用品的意思。

我们沿湖走，岸上的经幡随风飘动，石滩上一堆一堆垒起的玛尼堆是藏民对青海湖的敬畏与崇拜。

我俩选定湖边的青海湖石碑景点，互相拍照留影。石碑记载，青海湖，藏语名"措温布"，意为"青色的海"。高山环抱中的湖东靠日月山……位列"中国最美五大湖泊"之首。

阿龙站在湖岸眺望，差不多八分之一台湾岛面积的青海湖，烟波浩渺、水天相连、碧波拍岸、势如大海。他惊叹，百闻不如一见，又是一个中国之最呀！

我们热得脱成一件薄衬衣，继续前行。

一切仿佛梦中的景象真切地展现在我眼前，环湖千亩油菜花竞相绽放，碧波万顷的湛蓝外围散布着金灿灿的亮黄；高山牧场的野花五彩缤纷，如绸似锦；连绵的草地，处处皆是风吹草低见牛羊啊……

一个红衣少女，骑上一匹藏民的温顺枣红马，她开心地咯咯笑起来。一幅翡翠草滩镶嵌下的骏足疾驰迷人风景画定格在阿龙的相机镜头里。

传来一首歌："呜啦啦啦啦青海湖，蓝天下的白牦牛……"养牛大叔在唱。

　　白牦牛静静地站在湖边，性情温和，一动不动，它是大叔的神，更是瑶池的守护神。

　　用天有不测风云来形容青海湖天气是再恰当不过了。当我们的赛车往日月山方向行进时，忽然天阴沉下来，乌云滚滚飘将过来，豆大的雨点打了过来。霎时，冷雨纷纷斜织，打到皮肤嗖嗖冷，温度陡然下降，让人冻得发抖。我俩不得不立马又把厚衣服裹在身上，日月山就在眼前。我俩都开始有些不同程度的高原反应，阿龙的心率手环上也发现异常的心率数据。我劝阿龙打道回府吧，他却毫不犹豫地回答说，人生难得几回搏，风雨之后见彩虹……

　　在"美丽的夜色多沉静"的草原之夜，阿龙在 QQ 空间发表说说：一场叫人惊叹不已的青海湖之旅，一次使人终生难忘的美瑶池之行。让我们不忘质朴好客的藏族人民，记住威武可爱的牦牛山神，愿它永远守护着这片神圣的湖泊盆地。

　　神湖瑶池，我会再来！

治　病

　　我赶到医院时，初步查明是药物引起的胃出血和脑血管破裂现象，正在急救中……我冲进胡医生的办公室，他今天不当班，我捶着桌子怒不可遏地说："我要上告……"

　　当我接到电话时，我婆婆已被送进了 W 市第四医院住院了。"你们怎么能做出这样的决定？"我急急忙忙赶到医院时，见到小保姆的第一句话我就质问。"大妈她突然头晕目眩，感觉房屋都在旋转，恶心呕吐，只能躺着，头颈不能动弹！并且还咳嗽得厉害。她老人家说她一个儿子远在异国他乡，一个当医生的儿子得病离去了，她一定要见到医生才踏实，如果我不送她上医院，她就要撵我走。大妈不让我告诉你，正好碰上邻居出租车司机，我就请他帮忙把大妈背下楼送到了这里。有件事我做不了主才给你打电话的。"

　　我说："你这个小阿姨，大妈这种情况以前犯过，我们自己在家护理调养是可以缓解好转的。"

　　我婆婆现在被诊断为颈椎病并发症，心肌冠状动脉硬化，被收进了心内科，成了 24 小时监护的重症病人。

　　我被眼前这突如其来的情景搞蒙了，我不管任何人的阻拦，跑进了我婆婆主治医生的办公室。

　　医生 40 岁左右，戴着副金丝眼镜。我火急火燎地走进去时，他正聚精会神地看着什么药学书，对我的到来全无察觉。正在这时有个女护士夹着病历进来喊道："胡医生，可以查房了。"只见他这才抬起左手腕看了看表，合上书，抬眼看见了我，问："你是？"我说："我是王婆婆的家属。"

"我正要找你们家属谈谈，从拍的 X 光片看出，老人家的颈椎呈嘴唇状，需要开刀手术。"

"我婆婆都82岁了，身体各方面恢复能力都很差，风险太大了吧？我认为还是保守治疗为好。"

"嘴唇状颈椎，阻碍了血液流通，只有通过手术矫正呀，这是科学，必须开刀。"胡医生背书似的说完，没有和我征求意见的意思，径直头也不回地朝病房走去。

医生查房后叮嘱护士，每天除了给王婆婆输液以外，每天还必须服用 8 种药。那一夜，小阿姨在她病床旁边地上垫上了棉絮和床单，打起了地铺。我在医院租了个躺椅，打算彻夜陪在我婆婆身边。那一夜，谁都没法睡着，婆婆坐着喘到天亮，小阿姨无数次爬起又睡下，我不断找来夜班护士救助。

第二天，胡医生对王婆婆的病情又做出了诊断：估计多半是心脏病又引起了呼吸困难和哮喘，考虑要做个冠状动脉照影，最好心脏做支架，这种手术对于高龄老人来讲应该转院到专科医院进行。

岂有此理，我接到胡医生对我婆婆的治疗方案后，肺都要气炸了。这简直是把老人当试验品，拿老人的生命开玩笑啊！

我又一次走进了胡医生的办公室，"王婆婆的家属来得正好，需要你在这签个字。"胡医生从他白大褂的口袋里抽出钢笔递给我说。我手都没伸，眼睛直直地望着他回答："我肯定不会签这个让我婆婆做这么多手术的字，本来你给开的这每天必吃的 8 种药，我都很不想让她吃，那不伤肾、伤肝、伤胃吗？还何况如此高难度的手术呢？"

胡医生理直气壮地回答道："是听我医生的？还是听病患者方的？

肯定是听医生的。因为我是对的，而你是错了。对于这种病例医书中规定都是这样治疗，讲得很清楚，若每天不吃那几种药，或者不进行手术会出现很多症状，危及生命的，我多年都是这么诊治的。"

多天后的一个夜里，我正在上夜班，突然接到一个紧急电话。是医院打来的，是给我婆婆下的病危通知。昨夜她突然口吐白沫，昏迷不醒！

我赶到医院时，初步查明是药物引起的胃出血和脑血管破裂现象，正在急救中……

我冲进胡医生的办公室，他今天不当班，我捶着桌子怒不可遏地说："我要上告……"

一件没有发生的事

她先生——那跛足人突然癌症去世了，她边流泪边说，他走之前根本没提过你交了订金之事，我正缺钱就在昨晚把房屋卖给了来这做生意的人。

宁宁考取了 W 市外语学校，消息不胫而走，宁宁爸妈乐不可支，亲朋好友的祝贺祝愿源源不断；同时录取的宁宁的闺蜜和同学的家长们激动地向往世界，憧憬未来。

可是，别高兴太早了，新情况出现了，学校离家太远，孩子的去回都是问题呀！

宁宁妈考虑不能让孩子起得太早，中午不能不午睡，晚上不能回家太晚。

闺蜜的妈考虑，孩子每天天不亮哪能坐上公交车，晚上吃不上一口自己做的可口饭菜，她决定要买一辆小车。

A,B,C,D 同学的家里排了一个家长值班表，每周轮番送接这几个孩子。

开学第一天，宁宁妈就开始行动了——寻找学区房。

外校对面是一条不算长的小街，双行道车水马龙，人流熙熙攘攘，摩肩接踵。

夜幕降临时，小街灯火闪亮，热闹非凡。宁宁妈睁大新奇的眼睛，从街的这头走到街的那头，从街的那头走到街的这头，完全被这繁忙的夜市小巷给陶醉了。

她不熟悉这里的人和铺面，花了一天时间也没结果。路过一个"乐安居房产"，她一阵欣喜就闯了进去。

中介人小晓，一个白净神气的小伙子，主动热情地向她介绍了好几种户型，但面积总价都比较大，不可取。小伙子好像看透她的心思，急忙又搜出了今天刚挂牌出来的房子说："大姐，这间房型大小都适合您的要求，性价比很高啊！您要不要去看看？"

宁宁妈随着小晓走到一个社区去看房。一看，让她出乎意料地满意，真如获至宝啊。她想到让宁宁爸找了一个暑假都没落实学区房，她还想到,怪不得别人都说宁可没有当官的老子，不可没有讨饭的娘啊。她想她的宝贝这下不用辛苦奔波在路上，免遭罪了。

第二天，宁宁的爸妈在小晓的引领下和房东洽谈。

漂亮的铁门里出来一个快言快语的赭色长卷发女。她指着门外一个精瘦的背微驼的跛足人说，他是我家先生。

健谈的宁宁爸和老道的跛足人询问了解了许多，但他仍带着许多狐疑和不踏实，宁宁妈却一心想着快些买房装修入住。

一个大男孩跑过来，拿来一个卷尺给了卷发女,说："妈给你尺子。"宁宁爸接过卷尺仔细丈量起这小巧玲珑的房间的长宽高尺寸并做了记录。待他把房屋的门窗、水电、空调和网络等设备都研究了一番后，和房东讲了半天价。最后跛足人要求先交一部分订金，宁宁爸没有答应，并且说让他不要卖给了别人，房东也满口答应了。

正在小区门口玩着健身器的宁宁，听见妈妈的召唤，蹦过来看了看，高兴地说："我要在这房子里全铺上地毯，装上榻榻米，连上WIFI。光着脚进去，抱着我的泰迪熊，看书听音乐……"

宁宁妈走出这房间时，皱起眉头，瞪眼对宁宁爸说："都开学几天了，赶快找人装修啊。或者先搬个折叠床放里面架起来，让伢中午好睡个午觉。"

"不能急，你莫管，我找我们单位的熟人来搞，便宜多了。"宁宁爸吼道。

转眼中秋节到了，宁宁爷爷请孙女去吃团圆饭，并问起买房之事。在此之前宁宁妈给小晓打过多次电话说："那间房屋一定给我留着，如果有别人来买一定先通知我一声。"小晓总是回答："大姐放心吧！这是我们房产中介的承诺，不会失信的。你要交一下订金。"

那天，宁宁一家又在小街社区和房东见面，三头对六面地深入洽谈买房过户之事。最后，跛足人提到交订金时，宁宁爸仍不放心地回避开了。

临走，宁宁妈把一叠现金私下塞到了跛足人手里，胸有成竹地等待房东办好一系列卖房手续。

宁宁家买房的消息比她上重点中学还引人注目。闺蜜妈打电话来说了，十月孩子月考前我孩子在你家买的学区房借宿休息复习几天……

不觉国庆节到了，当宁宁妈以期待和急切的心情电话询问小晓时，小晓的回答让她惊呆了。

事情让人感到十分意外。国庆节前一个月明星稀的深夜，小街上来了三个外乡人，见到贴出的卖房广告后，毫不犹豫地把一大沓钞票即刻拍到了房东家的桌子上，卷发女人没有经过中介，她食言把房屋卖给了付大叠订金的外乡人。

第二天，当宁宁妈质问卷发女她先付过订金给她先生时，卷发女的回答让她震惊发抖。她说节日前，她先生——那跛足人突然癌症去世了，她边流泪边说："他走之前根本没提过你交了订金之事，我正缺钱，就在昨晚把房屋卖给了来这做生意的人，合同都已经签了，对不起啦，大姐。"

正在此时，宁宁妈手机响了，是闺蜜妈打来的。她说她正领着孩子乘车往这学区房赶来，一起恭贺她乔迁之喜。顺便借宿复习备考几日……宁宁妈急忙想说，你不要来了，可闺密妈没给宁宁妈说话的机会。

儿子在国外

"我的两个儿子在国外，有20多年没回家了，机票太贵。哎呀，他们的前途要紧，我们老人要支持！"杨教授眨着浑浊的眼睛怅惘而又满足地说。

大年三十，校园里冷冷清清，主干道梧桐路上无人无车。道路两旁高大的梧桐树光秃秃的丫杈划破湛蓝的天空，不时有几只不怕冷的鸟儿休憩在树枝上。所有的热闹与祥和都涌进了千家万户。

今天大李子值班，双倍加班费。一大早他驾着小车畅通无阻地开到了"阳光书屋"，室内冷得像冰窖。到上午10点都没来一个读者，大李子心想，今晚他还要开车到机场去接国外的儿子回家过年呢。

他正打开取暖器，一个小伙子走进来，笑眯眯地朝他点头，到书架取了一叠书籍，找了个靠窗边的位置坐下翻看起来。

不一会儿，只见一前一后、步履蹒跚地进来了婆婆爹爹两人。

"哎呀！杨教授，刘教授你们老两口……"大李子惊讶地说。

"我侄儿从外地大老远跑来陪我过年啦！"牛教授指着窗边座位上的小伙子说。

"我的两个儿子在国外，有20多年没回家了，机票太贵。哎呀，他们的前途要紧，我们老人要支持！"杨教授眨着浑浊的眼睛怅惘而又满足地说。

正在这时，大李子的手机响了，是越洋电话："爸爸，春节有事我不能回国了……"

阳光书屋气氛一片沉寂。

牛教授呵呵一笑，过来拍拍大李子的肩头说："你到国外去看他嘛，我儿子说请我夏天去避暑度假呢。"

可就在那个夏天，牛教授突发疾病……

弥留之际，他说，我的儿子在国外，让他们专心搞事业，不要打扰他们。牛教授说完，就撒手人寰，驾鹤西去了。

一时间，牛教授居住的大楼前花圈簇拥，鞭炮日夜响彻，杨教授盼儿归来心切。

儿子终于凑钱飞回了家乡，可爸爸的遗体已经不得不火化了。

亲生女

我眼泪汪汪地对妈说:"我就是您的亲生女,我永远不和您分开!"
妈妈说:"你就像我给你起的名字一样,你是我的福星啊!"

我名叫福星,别人都说我名字喜气有福好养活。可不知为什么,我的哥哥姐姐们都叫我野妹子。

从我记事起就知道妈妈每天半夜外出扫街,并且妈对我说,我还是个婴儿的时候,她就把我背在背上一起去扫街,我不明白她为什么要这样。

一天,我偶然听见姐对哥说:"那野妹子在咱家早晚是个祸害,妈连自家人都养不活,还捡个被人怀疑的野种回家……"

我非常吃惊去问妈:"我是你亲生女吗?"妈回答:"你当然是妈的亲生女啦,你看你长得很像妈呀。"

又一天,我在学校门口,一个大波浪披发,身材火辣的时髦女人对我说我是她的亲生女,要接我回家,送我去国外留学;不久,又有个先生,西服革履,很绅士的样子,来到我家说,我是他的亲生女。

从此,哥姐们频频打电话和买东西回家看妈。

接着有一天,我在学校看到一则消息说:十五年前捡到一个女婴的拾荒女人被蒙面人刺伤,抢走银行卡。据悉,遗弃女婴的女人因婆婆不认孙女,丈夫另有新欢,当时患产后忧郁症昏死在外,被送医院抢救;生身父亲经多方打听,找到亲生女,把一张7位数的银行卡送给拾荒女人作为报答……

我恍然大悟，即刻向公安机关报了案。

我妈得救了，哥姐也被公安机关拘留了。

我眼泪汪汪地对妈说："我就是您的亲生女，我永远不和您分开！"

妈妈说："你就像我给你起的名字一样，你是我的福星啊！"

谎 言

说完，王老师就头也不回地走了。这是她平生第一次用谎言污垢自己，但奇怪的是，她心里惬意极了。

早晨的太阳火辣辣的。

某市中学的校园里，王老师手臂上搭着一条油绿色丝绸布拉吉，踩着一双尖头高跟凉鞋，抱着厚厚的一摞学生的练习本。还没等走到教室开始上课，她已汗流浃背。这校园她来来回回走了十年了，每天觉得既熟悉又新鲜，但今天她感觉异样。

王老师耳边忽然传来一个老师的话："王老师，学校已经接到停课通知了，不用上课了，快回家吧，免得惹是生非。"

王老师看见不远处朝夕相处的教学楼已被大字报一层一层贴满，面目全非。

正当她走到离教室不远的中山坡处，眼前的一幕更让她惊呆了：自己的丈夫牛老师，被泼了一头污水，门牙被打掉了一排，脖子上还挂着一双旧鞋。头戴绿军帽、身着绿军装、手握红宝书的"全无敌"战斗队员押着牛老师。

王老师见状惊慌失措，心跳到了嗓子眼，她急忙跑向前问战斗队员："为什么这样对待牛老师？"

战斗队员面对王老师，气势汹汹回答："他受资产阶级思想腐蚀，给女学生写情书，还亲女学生脸蛋！"

王老师看了看低着头的牛老师："这怎么可能？"

战斗队员说："不信你自己问他。如果你不和他决裂，站在一个立场，你就得和他一起挨批斗！"

王老师站在牛老师面前，用眼神质问着牛老师。牛老师小声说："对不起，怪我一时糊涂。"

王老师听后险些瘫在那里。

回到家中，王老师回想起刚才那一幕，觉得那污水是泼在自己身上了。

王老师离开了牛老师，解除了这桩让她觉得耻辱的婚姻。牛老师被遣送到东北一个边境的农场，进行劳动改造。

多年以后，牛老师被落实政策返回原来的城市。

由于边境农场寒冷，牛老师患了严重的风湿病，犯病时都不能站立行走。

在医院休养的牛老师经多方打听，找到了王老师。王老师离开牛老师一年以后，经人撮合，嫁给了一个工厂的工人。工人喜酒嗜赌，在外面输了钱喝了酒，回来就用拳头把怨气撒在王老师的身上。

这么多年，王老师一直生活在苦痛之中。

牛老师约了王老师，说有些事情需要向她解释。王老师犹豫了几天之后，还是来到了医院。

见面后，牛老师说："抱歉，当年在你面前我说了谎，这一生我只爱过你一个人。造反的学生头，学习不好，我批评过他，便记恨在心，把不实之名硬扣在我头上。为了保你，我违心承认了。"

王老师眼含泪没有流出。王老师认为牛老师的谎言是懦弱的谎言，正是这个谎言毁了她一生。想此，王老师说："老牛，事情过去这么多年了，你也不用有什么歉意。其实，应该说抱歉的是我，在咱俩没离婚之前，我就已经和现在的丈夫好上了。"

　　说完，王老师就头也不回地走了。这是她平生第一次用谎言污垢自己，但奇怪的是，她心里惬意极了。

王太婆的电话响了

"妈妈，说起来让人笑话，我们交的房款让开发商挪作它用了，楼房没盖成，我们受骗了……"

王太婆家的电话放在一个方盒子里，用一个盖子盖住，盖子上写满了电话号码，有女儿兰儿的，有女婿小辛的，还有外甥俊俊的……电话响了才舍得揭开盖子接听，很是珍惜。

一天，大雨滂沱，王太婆的电话响了，是女儿打来的。伶牙俐齿的兰儿连珠炮似的说了一通，放下电话，王太婆坐在窗台边的旧木头沙发上回味着女儿的一番话。

兰儿要在市中心繁华商圈买楼房啦，太婆喜不自禁。她四处打量着自己住的这个有一百年历史的小楼，心想，住了快五十年了，连卫生间、浴室都没有，儿女们嫌弃，好多年都没在家住啦。正想着，屋子天花板落下几滴雨打在王太婆的头上，屋外下大雨，屋内下小雨呐，接漏的桶盆摆一地。老太婆开始和老伴唠叨："我要搬到兰儿高楼去住。还是我姑娘好，她管我。你这棒槌，五十年都不愿挪个窝的。兰儿说这楼盘是小辛同事的哥哥设计的，房价能优惠百分之十，还有礼送。先看图纸模型，摇号点房，号很紧张，熟人给留的。说是才打地基，今年开工。"

王太婆说着说着，一阵雷声轰隆隆响过，屋内雨点欢腾起来。她喊老伴："快找人上房揭瓦检漏啊……"

一个寒冷的清晨，天刚蒙蒙亮，王太婆的电话响了。她手里拿着丹参口服液，本来要吃的，衣服也来不及披上，就掀开了电话机盖子，她手一哆嗦，碰上了免提键，老伴被惊醒了，老两口都听到了里面传来的声音："我是俊俊，打扰啦！舅舅、舅妈身体好啊……兰儿姐买房子付首付向我借了5万元钱……不巧我们单位也竣工了几栋职工楼房，必须交全款才能享受到福利呀！可兰儿说她还不出那钱，她说您二老有积蓄，能先支援我一笔款救救急。"

王太婆还未听完，手一颤抖口服液滑落地上，直觉心口疼痛，似跳出喉咙。头脑一阵晕眩，人就倒在了沙发上……

朦胧中，太婆听见兰儿在说："我们可以搬新家啦！你腰疼，我要给你准备豪华棉床垫；冬天太冷，怕你犯心脏病，我每间房都要铺上德国进口地暖；你腿不好蹲不得，我要安装全自动电子马桶；你眼睛患了白内障，我打算客厅金镜马赛克镶边的电视墙上装上55寸高清彩电……"

原来王太婆是躺在特护病房被医生抢救过来了，她安稳地睡了一觉，刚才是做了个梦，梦见的情景和兰儿电话里说的一模一样。

几年以后，在一个月明星稀的夜晚，王太婆的电话又响了。电话是女婿小辛打来的,他在电话里吞吞吐吐地说:"妈妈,说起来让人笑话,我们交的房款让开发商挪作它用了,楼房没盖成,我们受骗了……"

酒红色皮靴

　　真相大白！我自由了。戴墨镜的女人被审讯后，以非法持有毒品罪嫌疑送法办。我仰望蓝天，飞机直冲云霄，飞往 Q 市，我一声叹息！这该死的酒红色皮靴，我一气甩进了垃圾桶！

　　步步高鞋店的橱窗里，一双酒红色皮靴吸引了我的眼球。我进店一试穿，店员们都大加赞赏，说只有我这样有气场的女士，才能穿出她们店品牌高贵雅致的味道；不像刚才那女人戴着个墨镜，一进店就左顾右盼，扭捏作态，最后聚焦到这款，快速穿上后，钱都没付，就冲了出去，好像有人在追她似的。就剩这一双了，断色断码，厂家无货了，特价卖给我。

　　我穿上了这靴，果然有趾高气扬、平步青云之感。我在镜前前后左右照了又照，我穿上这样的靴飞到海滨城市去参加国际会议，很洋气时尚啊。糟糕，离飞机起飞只有一个半小时了！我那机票是打折特价的，误机是不可改签的呀！

　　街上来了一辆的士，是个女司机。我拖着行李箱，焦急地跑过去。可她说要交班了，返回时没时间在机场排队，得放空回去，不划算。我急切地说明缘由之后，她二话没说，让我上车，直奔机场，有时女人和女人更容易沟通啊。

　　情况不妙，高架桥上一条条长龙延伸开去，一列列车辆严重滞留。

　　女司机开始说，真后悔不该拉你这趟，不能按时交班我要赔钱。

我开始想，真后悔不该去购买什么酒红色皮靴。误机到不了会场，单位要处分的。

时间一分一秒过去，桥上成了停车场。我恨不得下车插上翅膀飞呀！

十分钟，二十分钟，三十分钟过去了。终于车开始移动了。车驶上了机场高速，那飞一样的速度和我飞一样的心情一样急促。离起飞还差 40 分钟时，到机场了。计价器显示 135 元，我付司机 150 元没让她找钱，她脸上绽开了笑容，并说："谢谢！我还是亏了。"

下车，看见了雄壮的 T 机场。走进偌大的候机大厅，被检票人员挡住说："起飞前 40 分钟安检关闭，你已经迟了，先到 A 区换登机牌，碰碰运气吧，跑快点！"

A 区在哪儿，我四处张望。一迈步，新皮靴跟太高地太滑，脚崴了一下，哎哟，这该死的酒红色皮靴！

此时，手机响了，是接机的朋友，好久不见了，我说在出站口接我时，就看我的酒红色皮靴吧！没办法，我带着崴疼的脚，微笑着和排着长队的人打招呼，插了个队。值机人员冷冷地说："已经开始登机 10 分钟了，安检关闭了吧？"

我吓出一身冷汗，一时间找不到北。

安检处关口还有人，我一下舒了口气。忽听见清晰甜美的声音，"飞往 Q 市的登机口即将关闭……"

安检员还在慢条斯理地手随探测器对每个乘客"动手动脚"触摸感受一遍。我突然发现在我前面站着的人，怎么和我穿着一模一样的酒红色皮靴，是个戴着墨镜的女人！

安检员正不厌其烦地重复着，"有充电宝、雨伞吗？快拿出来！过脚踝的皮靴脱下检查。"有人和我心情一样，便叫道："本来时间都紧张，还这么多花样。"

我正踩着冰凉的塑料拖鞋，准备去收拾通过 X 光机检查的物件。忽被人一下绊倒，安检人员放我皮靴的整理箱被打翻，我的酒红色皮靴不翼而飞。

　　我本来就崴了的脚又惨遭不幸，疼痛难忍。还没待我搞明白是怎么回事，两个穿安检员制服的男士齐步走向我，严肃地对我说："你涉嫌携带新型毒品，拘留审查。"

　　"你们有没有搞错？"不容我申辩，我已经被他们带走。

　　在公安边境检查站执勤点，从执勤官兵那得知，一颗核桃、一饼茶叶、一双皮靴，这看似平常的物品背后暗藏着玄机。

　　在执勤点任职的个性活泼好动、外形憨厚，鼻子灵光的拉布拉多犬，能分辨 200 万种不同的气味，它们是缉毒功臣。

　　一只全身毛茸茸，似披了件金黄色的毛皮大衣的金拉拉，在那个戴墨镜的女人面前转来转去，褐色明亮有神的眼睛滴溜溜转，耳朵竖立，水獭似的尾巴翘起狂摇，它闻到毒品的气味。它叼起那双和我的一模一样的酒红色皮靴，咬着不松口。原来毒品就藏在这双鞋的脚底空心的鞋跟里。

　　真相大白！我自由了。

　　戴墨镜的女人被审讯后，以非法持有毒品罪嫌疑送法办。

　　我仰望蓝天，飞机直冲云霄，飞往 Q 市，我一声叹息！

　　这该死的酒红色皮靴，我一气甩进了垃圾桶！

虚 幻

丈夫回家了，开车送她去看病。为她挂号、拿药、挂吊瓶，陪着她，把她揽在胸前说："我才是你可靠的肩膀。"

情人说："我愿为你赴汤蹈火、肝胆涂地。"她激动不已！

儿子电话："放学了，下暴雨，谁接我？"

她给丈夫短信，丈夫说："我才是你的司机。"

周末，她从梦中醒来。发现丈夫已把早点做好摆在了餐桌上。微信响了，她披衣来看。情人说："你永远是我的宝贝。"

信息又响，丈夫说："让你睡个自然醒，宝贝你不能不吃早餐。"

天气凉了，她一不小心冻病了，咳嗽缠绕着她。她还想着情人，问候道："天冷了记得添衣哦。"情人回信："我爱你、恋你、宠你、疼你。一生同悲同乐，永远爱你，给你一个温暖的怀抱。"

丈夫回家了，开车送她去看病。为她挂号、拿药、挂吊瓶，陪着她，把她揽在胸前说："我才是你可靠的肩膀。"

病好了，她决定和情人说各自回到自己的生活，却看到情人短信："渴望和你一起去过闲云野鹤般的生活，和你一起在森林中漫步、畅谈、亲吻，你愿意吗？"看后，她鬼使神差地回答："愿意。"回到家，她仍觉得丈夫不如情人温馨、浪漫。

黄金周假日，她决定离开家，走出去放飞心情。她感到外面的空气前所未有的清新，心情从未体验过的爽快。当她依依不舍地回到家，发信息让情人归还她那笔不菲的钱款时，发现情人已经不知去向了。

丈夫回家了，拎着大螃蟹和甜玉米说："今天是中秋节，我们一家蒸螃蟹吃，还有你喜欢的甜玉米。"他把肥大螃蟹腿肉拨出给她吃，又把两个玉米各咬了一口，把其中一个给了她。她觉得奇怪，趁他不注意，把他的那个咬了一口，发现他留给自己的那个发酸了。顿时，一行泪默默地滑下脸颊。

丈夫把一张卡拍在餐桌上说："这是我补偿你到冬暖夏凉的地方去旅游的费用。吃了这餐饭，你可选择离开我，我不留你。你以为我什么都不知道吗？！我只想说一句，那些虚幻的柏拉图式的情哪，爱呀，能走多远？不都是骗人的鬼话吗？！"

大本田与小指头

待夜晚散会出来，一看，傻眼了！他的宝贝面目全非，车窗全被砸烂，好朋友拜托存放在副驾驶座位上的公文包和里面的几万元钱，连同一个高档笔记本电脑全部被盗走……

大本田与小指头是两个人的雅号。他们从素不相识，暗藏杀机，到化险为夷，相安无事，其中故事从头谈起。

话说大本田是一个爱车族，他花了不菲的价钱买了一辆日本原装东风本田CRV越野车。他跟教练学并练车四个月就一次考过了驾照。春节就开起新车，不到3小时呼啦跑到了200多公里以外的老家。他的外甥女外甥简直不相信这个速度，赶忙从农家院子跑到村头迎接，伸长脖子，翘首以望；邻里乡亲把大本田团团围了起来，评头品足，啧啧赞叹，羡慕不已。从此大本田的雅号就传开了。

盛夏，他便喜气洋洋地开着他的宝贝带着他的妻儿去名山避暑。经过景区时，偏偏碰到小指头来找麻烦。

话说小指头是个无业游民，靠坑蒙拐骗混日子。前段时间为骗来的一笔钱财分赃不匀跟小A打架，被砍伤了小指头，幸亏遇黑老大相救，才保住了性命。从此老大让他改邪归正，自食其力走正道，给他起了个绰号"小指头"。

这天，大本田乐不可支，为自己的车技沾沾自喜，为拥有豪车暗自骄傲。他开着豪车正沉浸在美好遐想之中时，忽听耳旁有人叫了一声，他转头一看，一个人影一闪，轰的一声，啊的惨叫。紧接着看到的是一个蓬乱头发、衣衫破旧的男人正倒在他车前的右轮旁。

大本田不知发生了什么事，如坠云雾，祸已发生。妻子见状，忙打电话求助交警。大本田是个十分善良的人。别说是车撞人了，就是车压到一只猫呀狗的，他都要痛惜几天，心里难受得要死。此时，眼前的情景把他吓得脸色煞白。妻儿正要冲出去看个究竟，却被他按住了，他考虑孩子太小多有不宜。

大本田立马下车，奔向地上脸色惨白已经晕过去的生死不明者，他顾不得细想这人是被自己撞倒还是故意碰瓷诈财？他急忙用有些颤抖的双手把昏迷者托起抱在怀中。大本田连自己的父亲都没这样抱过啊！妻子想丈夫的力气可真大呀，而且他有颗金子般的心。

交警赶到后，扣留大本田车和大本田，允许先抢救昏迷者。

大本田焦急地拦了一辆出租车，费了九牛二虎之力把昏迷者放在后排座位躺下并守护，车极速开往医院。

昏迷者输液后很快苏醒过来，医术高超的骨科医生用抽支烟的时间把骨折小指头复位了，并诊断其小指头并无大碍，只是被车轮擦碰旧伤复发，吩咐伤者不久就可以回家了。小指头一睁眼就模模糊糊看到抢救床旁边围了几人，他第一个认出的就是老大。老大紧挨在他身边，责怪道，小指头你小子玩命哪！想到阎王爷那儿报到吗？小指头对着黑老大假装忏悔说，我不该在豪华车上做手脚，第一次在这高头大马的玩意前便不知所措，心虚紧张，不知怎的就失去知觉了……

大本田虚惊一场，无比气恼。新车也被扣留在停车场，只好派人把妻儿用吉普车送回，一大包漂亮的度假用的衣物行囊也不翼而飞了；他的人还被扣留停车场待审查，每天还要被白白收取不菲的停车费，大本田真是一个倒霉蛋呐！

　　大本田通知了保险公司，得到九千元理赔，全部付给了小指头。他小心翼翼地从停车场开回了自己的车，以为这事就算了结了。

　　谁知小指头回去后没有在家养伤，为了那笔钱财又去找小A，别人前门不让进，他硬要翻院墙，伤脚不得力又摔了下来，刚复位的小指头又弄残了。

　　大本田哪知祸不单行！没过几天小指头那边传来消息说，其骨折的指头因没接好不能愈合，又感染发炎恶化，属于对方的责任，扬言要大本田必须再付清一笔医药费，否则他就会遭棒打……

　　大本田虽善良纯朴，但也不愿无缘无故受人宰割，这笔节外生枝的费用他是无论如何不想付给他们的。但他哪知小指头等人的顽劣和花招呢？

　　骄阳似火的盛夏，大本田把豪车停在景区一棵枝繁叶茂的大树下乘凉，自己去宾馆开会。待夜晚散会出来，一看，傻眼了！他的宝贝面目全非，车窗全被砸烂，好朋友拜托存放在副驾驶座位上的公文包和里面的几万元钱，连同一个高档笔记本电脑全部被盗走……

　　大本田气急败坏地回到了家，他异常的脸色一下被妻子识破，妻子惊恐万状，夫妻俩分析这砸车盗物之事定是那帮混混所为。丈夫说，小指头惹不起，我躲得起，三十六计走为上策，于是乎他决定带妻儿回老家去躲避。妻子说，报案！必须向单位保卫处报案。保卫处十分重视这件事，他们的态度给了两口子胆量。这个说，逃避不是办法，我们七尺男儿是吃干饭的吗？那个应，有我们在他们胆敢再来打砸抢，甚至棒打人试试。但凡如此，定叫他们有来无回……

　　当小指头那帮人又来索取另一笔所谓医药费时，大本田妻子愤愤地说，只当这钱全部给那碰瓷人买药吃了，舍财免灾呀！

当小指头一瘸一跛地接过大本田妻子递过去的一万八千元钞票时，大本田瞅了瞅他，但见他脚上是残缺不全的小指头，手上是沉甸甸的人民币。他忍俊不禁，他心想，小指头，你明白这两者孰重孰轻吗？

第一次发表作品

在净月潭别墅型林水假日酒店有着别致的屋顶的楼前，袁作家邀请我同他合影。于诗人慷慨激昂地朗诵："春江潮水连海平，海上明月共潮生……"

那天，当我打开电子信箱，一封邮件没有预想到地跃入我的眼帘。"东北文学杯"全国小小说征文大赛复赛入围通知函。

飞远同志：

您创作的小小说《暗示》已由"东北文学杯"全国小小说征文大赛评审组初步审阅，通过初审，入围复赛！希望您创作出更加优秀的小小说作品……

您创作的作品将在阳光花杂志第5期发表，可向作者寄赠样刊。并邀请你参加长春净月潭笔会……

当时我的心情已经不能用语言来形容，我叫过身边的女儿，对她说这是我第一次发表作品，让她分享我的喜悦。我告诉她就是她给我修改了一个修饰词的那篇，写的是一个男孩，英俊冷静睿智；一个女孩，美丽聪慧勤奋，男孩对女孩的一句暗示语，激励女孩冬练三九，夏练三伏，努力学习，获得市三好学生；而男孩为女孩达到体标崴了脚，失去获奖机会的感人的励志故事。女儿不屑一顾地一瞥，说道："好假，小说中的女孩是小时候的你吗？"

我怀着想急于见到那本杂志的心情，登上了飞往长春的飞机。

来到会议地点——净月潭公园，就感受到轻风、蓝天、白云，走进了森林、秀水、阳光，呼吸着泥土的芳香，享受清新、恬静的自然空间。它不愧被誉为"长春都市森林""亚洲最大人工林海"。

短短几天，我和参会作家一起游园林、听讲座、谈文学，留下不可磨灭的印象。不必说总编设宴席招待我们的那蒙古特色烤全羊，净月鱼宴，"净月虾"小吃；也不必说我结识的豪气的袁作家、风趣的于诗人、儒雅的张同学；更不必说指点迷津，点石成金的作家讲坛；单是窖香绵甜的酒就有"酒不醉人人自醉"的酣畅淋漓之感。

那天，黄昏时分，采风归来。大家漫步在森林浴场的林间幽径，聚集在彩霞映照的潭水边，呼吸着带有松香味道的空气，放眼眺望湖光山色，清新的自然风光和绝佳的生态环境让作家诗人们诗兴大发、流连忘返。于诗人慷慨激昂地朗诵："春江潮水连海平，海上明月共潮生……"

在净月潭别墅型林水假日酒店有着别致的屋顶的楼前，袁作家邀请我同他合影。并且打趣说："你的笔名很有意思，以后我也要改成和你相似的名字。"张同学举着相机，也哈哈地笑了。

我也把昨晚想好的不称其为诗的句子朗诵起来：

净月神秀云天美，文友五湖四海会。

诗歌散文小小说，妙笔生花精英萃。

作家讲坛受益多，点石成金指迷津。

百尺竿头进一步，参花连连绽蓓蕾。

总编笑容可掬，满意地拍手叫好。

临走，我的责任编辑过来通知我，说我的作品下个月才能发表，现在还拿不到。我听了好扫兴，我想下期杂志的封面人物一定是一位大作家。

桃花梦

诗人爱桃花，桃花如酒，他会在夜阑人静，青灯如豆的灯下细细品尝这杯酒；他把桃花当知己，他要一生厮守这样一位红颜。

她的笔名叫桃花，这是一个诗人给她起的名，她崇拜那诗人！

她喜欢诗人的诗歌，这种喜欢缘于那年春天的一次邂逅。

这种喜欢伴随着工作的打拼、家庭的操劳悄悄带她进入了不惑之年。可是造物主是那样地愚弄人哪！此时她丈夫的事业也接近顶峰，应酬、兼职带着他白天黑夜都不着家，陪伴妻儿的时间成了另一种奢侈。

该舍的也得舍去啊，她辞去了工作，为了孩子和家，成了全职妻子。空虚、无奈、孤寂，心就像失去了水润与光泽的果子，变得单调而无味。

桃花就此甘心自己船到码头车到站吗？不是，她心里一直存着一个梦想。

就是那年春天的，当桃花打开电子信箱，一封邮件没有预想到地跃入她的眼帘。

"桃花，你好！诚挚邀请你光临本届梦里水乡诗歌笔会暨诗歌创作精品奖颁奖大会……"

桃花看到这则消息时，颇感意外，高兴、激动、幸福感敲击心扉，她恨不得立即出发到活动现场。她迫不及待地给丈夫发出了信息，告诉他这个好消息。

丈夫是个地质工作者，常年野外勘察，两人分多聚少，这次她对他说无论如何要给她放个假。此时，丈夫又出差考察去了，很远很久。她想借此机会，去到那魂牵梦萦的梦里水乡放飞心情……

可是，得到的却是丈夫斩钉截铁的回答："我是打拼事业的男人，赚钱养家糊口，待到退休就没什么钱啦。你要支持我的事业，放弃你的诗人梦想吧！当好你的家庭主妇就行了。"

桃花再也忍不住了，对着丈夫大喊："凭什么我就不能有自己的追求、兴趣爱好与事业呢？"丈夫嘲讽说："你写那点破诗还能叫事业吗？不赔钱才怪呢？！"

桃花声嘶力竭地呼喊自己的权利，可每天面对的只能是深夜都难归家，回来便是一个人倒床呼呼大睡的形同路人的人。

泪珠从桃花脸颊滚滚落下……

几天后，丈夫回家了。没有想到，丈夫说："我来做饭、陪孩子学习吧。我并不反对你写诗、参加笔会，你去吧！开心就好，注意安全。"

桃花大喜过望。

桃花崇拜的那诗人怀揣着他的获奖诗篇，也千里迢迢飞到了那魂牵梦萦的梦里水乡，来寻觅他笔下的桃花。

诗人颇费周折才寻到了茂密的桃花林。桃花踏着诗人的足迹，几番艰辛来到了桃瓣遍地的桃林幽径。

诗人被截住了。桃花问："你就是那位获奖诗人吗？"乘着月光诗人也看清了桃花的面容。"呵呵，不，叫我陶渊明吧。"桃花咯咯地笑着说："诗人真幽默！"

诗人爱桃花，桃花如酒，他会在夜阑人静，青灯如豆的灯下细细品尝这杯酒；他把桃花当知己，他要一生厮守这样一位红颜。

黄昏时分，采风归来。呼吸着带有桃花味道的空气，诗人们诗兴大发，流连忘返……

诗人邀请桃花在彩霞映照的湖水边留影，眼睛中间闪烁星河的璀璨。

从那时起，诗人豪放的性格和满腹的才情，给桃花留下了不可磨灭的印象，让她倾慕不已，她决心拜诗人为师！

诗人递给桃花一张写了字的纸条，就此匆匆一别。

…………

时间带她把秋天惨败的树叶一篇又一篇送达到诗人的邮箱……

可是那些惨败的叶片只有少量几篇给她带回了诗人直言不讳的答复：你还未入门，需要大量阅读，从头开始吧。

她的心灵受到很大的挫伤，一次次的质问自己：是不是没有诗歌方面的天赋，她甚至想到放弃。

诗人给她打来电话说，诗歌之路艰难，坚持就是胜利。桃花你一定能成功！这声音在桃花脑海里久久回旋……

一天，她又写了一首诗发给了诗人，没有想到的回复：你写的不是诗歌，重来。

桃花简直不相信自己的眼睛，自尊心那头恶魔毫不留情地把她的眼泪拖拉出来。她含泪给诗人回复了一行字：谢谢你用直言敲打我自负的心灵！

当晚，她心情久久不能平静。她想起诗人给她的那张纸条的留言：诗歌是我们共同的太阳！

桃花激动无比，终于明白了诗人对学生的良苦用心！

诗人为了帮助桃花实现诗人梦想，为她制订了短期计划和长远目标；他花大气力为她看稿和改稿，使得她的作品逐渐地在有影响力的诗刊上发表了，这对桃花是莫大的鼓舞与鞭策。在这样的蓝图中她感悟道，文学之路虽坎坷不平，但她一生无悔；诗人表示，创作之路虽苦，师徒之间互为动力，其乐无穷也！

也许是诗人的影响力触动了她休眠中的文思，她信笔写下了题为《桃花梦》的诗篇。经过诗人一番悉心指导修改后，这篇诗作被投到了诗歌大赛邮箱中。诗人如释重负，等待着评奖结果。

正值春意盎然，百花争艳的季节，桃花迎来了颁奖大会的日子。

桃花无数次想象着她与诗人重逢的情景。

然而，那天前来迎接她的不是诗人，桃花顿感失望和诧异。原来事情是这样的：

诗人一个月前去西南山区采风，在山路环绕，蜿蜒崎岖的大山深处有一所希望小学，诗人硬是步行3小时才走完13公里路程，为的是去看十多个孩子铺满阳光的期待眼睛。

一个名字也叫桃花的女孩，她的梦想就是能打着一把花雨伞去上学。奶奶用背柴卖来的钱，给桃花买了一把花雨伞，可是，有一天狂风大雨把她的花雨伞吹翻到悬崖下，没了花雨伞的女孩不肯回家。

为了拾回小女孩的梦想，诗人在悬崖下受伤了，被当地人救起。

桃花听完热泪盈眶。

她决定重新修改《桃花梦》诗篇。

华丽转身

诗人画家匆匆一别，离行前画家递给诗人一张参差不齐的小纸条。诗人华丽转身，她拿出画家留给她的那张纸条看了又看，那上面的数字是画家吴青写的他的手机号码……

华丽是个诗人，她出生在梦里水乡的江南，天生丽质；吴青是个画家，他来自广袤无垠的草原，豪放朴质。诗人爱画画，画家爱写诗。

三年前，她和他同时从南方和北方飞过蓝天白云，在湖光山色林海中的诗歌美术节上邂逅了。那绿色森林散发出的泥土芳香和清新空气，让诗人和画家陶醉其中。

那天，采风归来。诗人和画家同桌聚餐。大家品味诗文的谈笑声和酒杯清脆的频频撞击声，在清新恬静的茂密树丛中格外悦耳动听，在诗人心里荡漾起一首首美妙醉人的诗歌。酒红色映衬着诗人的脸，在画家眼里她微微泛红的脸蛋比湖光山色更美丽迷人，冠压群芳！画家动情地微笑着问起诗人的名字，她甩动着瀑布似的秀发微笑着说："在我的诗歌里寻找。"

黄昏时分，大家漫步在森林浴场的林间幽径，聚集在彩霞映照的潭水边。在湖光山色别致的避暑山庄小楼前，画家邀请诗人在落日飞霞的湖水边留影，他眼中闪烁着星河的璀璨。

翌日，当东方露出鱼肚白时，诗人心潮起伏，毫无睡意；她讲究地盘起浓密的青丝，点缀上闪亮的发夹，恰到好处化上淡妆。依窗远眺着金色的太阳随水波轻轻地荡出水面，凉爽的清风吹拂着她美丽的面庞。

这一画面被不远处写生的画家捕捉到了，他像单反相机似的抓拍下了眼前这幅画中美景丽人，他边画边惊叹道："好一个超凡脱俗的美人儿。"

诗人发现了，走过去扯下画板上的自己的画像，瞄了画家一眼，头也没回地走了。

走了不远，诗人忍不住细细瞧了瞧画中自己的像，一下子被画家精湛的画技惊叹了，心情一阵欢喜，脸儿一阵潮红。整个一看，她发现素描纸的下方有一行字："期待你加入我的西域青青书画社……"

从此，画家豪放的性格和满腹的才情和绝技，给华丽留下了不可磨灭的印象，一种崇拜感油然而生。

时光太短！诗人画家匆匆一别，离行前画家递给诗人一张参差不齐的小纸条。

……

她加入了他的书画社。她收集他的画作，推送他的画作，临摹他的画作。每次临摹完一幅，她都要得意地题诗一首，然后迫不及待地心跳咚咚地通过网络发送给他。一次，诗人的一首抒情长诗《我和丝绸之路有个约会》，画家看了赞赏不已，激起了他的创作灵感。

自从那年邂逅，吴青心里如波涛翻滚，他惦记着诗人，欣赏着诗人。每天他首先看她的来信，"倾慕你的华丽"，看到她这样的落款常常会激起他大胆豪放的那句话："华丽我爱你！"

光阴荏苒，日月如梭，又是桃红柳绿，恰逢果实成熟收获的季节。吴青的画集《丝路新语》获敦煌艺术创新奖，华丽的叙事诗《彩路诗梦》舞台剧获优秀节目奖。画家惊喜地对前来领奖的诗人深表歉意地说："不知你会千里迢迢大驾光临？有失远迎！"诗人答道："为祝贺美术与诗歌天意般完美结合，飞越千山万水也值得！"

画家的获奖感言说："诗情画意，相得益彰，珠联璧合！"诗人喝彩。

画家诗人相见恨晚！夜色阑珊中把杯问盏。诗人念道：人生若得一回醉，把杯问盏月光酒。当夜，画家邀请诗人参观了他的"西域青青书画社"，手把手面授机宜，切磋画技，赏品诗文，良辰美景度良宵！

翌日，天亮极早。大漠绿洲、戈壁草原，卓尔不群，逶迤千里，生机无限。画家邀请诗人骑马游玩。

画家会骑马，诗人佩服，她请他保驾护航，他甘当护花使者。她没让他花多的费用请导游领队牵马。他为她挑了一匹黑马，她生平第一次骑马。她想象着端坐高高大马之上，自由穿行于山林、幽谷、草原、溪流之间，不见尘世喧嚣，无忧无虑。

正想着，她被扶上高高的马背，她先是咯咯地笑。黑马渐渐地跑起来，她有悬空的感觉，马奔下坡，她整个人把持不住了，心慌晕眩起来，她喊要下马……

可黑马四蹄腾空，狂奔而去，马受惊了，她就要摔下。画家见状，想起有人从马上摔下，骨折瘫痪，甚至死亡的，后果不堪设想啊。说时迟，那时快。画家飞身骑上一匹"追风"白马，速度风驰电掣，他抓住黑马缰绳，抱下诗人，诗人得救了，画家受重伤。受惊的黑马直接冲上公路和一辆飞驰而来的越野车相撞了，黑马遇难，车被撞烂。

在骨科医院，画家的妻子守在重伤的丈夫旁，诗人泪眼涟涟。

画家身体不能动弹，他怕他再见不到家人和亲爱的相濡以沫的妻子，怕她的后半生没有了依托。他从衣服内口袋里掏出一张书画稿费银行卡交给了妻子，把他获奖的全铜版彩印画集送给了诗人。

不久，画家吴青脱离了生命危险。

诗人华丽望着远处蓝天白云，山脉的深浅蓝影；近处青黄交错的颜色，起伏的山地草原的柔美线条；草原上成群的羊群，错落的敖包，斑驳的树荫，养眼养心，她心胸顿觉开阔。

诗人华丽转身，她拿出画家留给她的那张参差不齐的纸条看了又看，那上面的数字是画家吴青写的他的手机号码……

花溪梦

"林立教授，您的学术报告定在明天上午10点，在雅晖楼。因台风影响，组委会决定，大陆参会师生立刻上山住下，近期下不了山了……"

我的家乡有一条美丽而又平静的花溪，溪水慢慢流过，声音非常轻，非常美，这条可谓是"天下第一奇观"的神奇花溪像我的名字一样藏着我的梦。

看见书桌上导师林立教授送给我的《苏东坡传》（林语堂著），我的思绪回到了大学二年级的那个暑假时光。

那个暑假，我作为交换生来到了宝岛台湾，来到了我向往的藏书最多，坐落在山上的那所大学。我有幸和导师（那时还不是我的导师）一起参加在台湾举行的学术研讨会。

那天上午，一行人去往阳明山游览森林公园，30多度湿热的天空烤得人汗流浃背，大风呼呼，吹得深深绿草倒向一边。我眼前是直冲云端的一层层的弯弯的山路。

忽听有人说："台风要来了，林教授，我们快上山吧。"林教授却爽朗地笑着，吟诵起明代人《登阳明山》绝句："仰面遥看天际平，山回绝壑怒涛生……"

山路旁边拐弯处便是阳明山火山的熔浆口"小油坑"所在，忽听喇叭里传出导游嘹亮的声音，美容养颜之温泉！护肤疗养之圣品，就是这一汪小小热泉。我兴致盎然地把手接近它，浓烈的热意扑面而来。

我兴奋地拿出新买的微单反相机，紧跟着林教授的团队，边拍照，边挤在人群中竖耳聆听导游和教授这免费导游的滔滔不绝的新奇的故事。一路上，山中弥漫的雾气，蓬勃的绿荫映衬着教授容光焕发的笑脸。

不一会，一行人被带到坐落在阳明山腰的林语堂故居。

导游指着蓝色的琉璃瓦，嵌着深紫色的圆角窗棂的典雅精致建筑说，那是林语堂大师亲自设计，中国四合院式兼有西方风格，融合现代感与古典美的住所。在那里林大师度过了他一生的最后十年。

林教授饶有兴致地说："大师爱竹、爱石，所以刻意在中庭一角，用翠竹、枫香、苍蕨、藤萝等植物与造型奇特的石头，营造出可爱的小鱼池。大师常常喜欢一个人坐在池边的大理石椅子上，仰观空中云卷云舒，俯察池中金鱼嬉戏，自有'持杆观鱼'之乐！"

来到书房，醒目的是林大师的画像旁的四句话："两脚踏中西文化，一心评宇宙文章，热爱故国不泥古，乐享生活不流俗。"短短几句话就把主人的成就与生活，风格与爱好，写了一个透。这片小小院落中的所有，都是语堂先生沿途留下的痕迹。四合院式白墙蓝瓦，葱郁树林，远看精致如画。正如他一生中挥毫洒下的篇篇墨迹，中文优美流畅，英文诙谐风趣，让人在相得益彰之美中沉醉。

忽地，一阵轰隆雷声，刚才还阳光普照，但见遮天蔽日的阴云带着雨随风飘游过来。这就是想象中的台风吧。其实没那么恐怖，风和雨有时候也很美，雨打在房檐上，溅起朵朵水花，风吹草坪，一起一伏。风吹雨丝落，雨丝吹得斜了，像素描画里的背景，又像涂色时的斜线。雨帘随即猛烈密密倾泻下来，即刻挡住了人的视线，恣意横流的大水滚滚而来，吹断的树枝飘向空中……

这时，一个身着正装的年轻人急急忙忙跑过来对林教授轻声说："林立教授，您的学术报告定在明天上午10点，在雅晖楼。因台风影响，组委会决定大陆参会师生立刻上山住下，近期下不了山了……"

　　林教授邀请花溪一同乘大巴上山，去做此次学术研讨会的志愿者。

　　豪华大巴缓缓而上。蜿蜒山路如同一丝带从山顶垂泻下来，两边树木葱郁，山洪汹涌奔流，在绿色王国里肆意翻滚着绿色的波浪，犹如画家调色板上的浓绿墨绿浅绿一股脑泼洒到了人间。

　　来到山顶，从学校的后山赏景可以从高处俯瞰大半个台北。教授说："天晴时夜景非常好看。到了春天，校园内种植的樱花绽放，一派生机盎然的景象。"

　　第二天，我被派到大教室做服务生。

　　我为教授沏了一杯乌龙茶，就坐在后排很有兴趣地认真地听起了报告。我被教授口若悬河的谈吐，生动有趣的例证，旁征博引的论说深深地吸引。

　　我惊讶地听到，林教授居然和自己是校友，是赫赫有名的搞语堂研究的学者；当年他曾听过林大师认真生动、幽默诙谐的授课；他曾多次获得林语堂文学奖，他还参加规划筹建"林语堂先生纪念图书馆"。这座呈现语堂先生的格调思想、发明创意、生活态度与文学成就的馆舍已于五年前全新开放，人们可以在其中参观、聆听艺文讲座，甚至在里边餐饮休憩。这让我无限向往！

　　…………

　　两年以后我回到了母校。

　　一天，我打开电脑，在研究生招生网上，看到了林立教授这个似曾相识的名字，看到了"林语堂音韵学研究"招生方向的招生简章。

　　我搜索到的有关林语堂的介绍如下：

　　林语堂先生是从闽南山地走向全世界的漳州人，给我们留下六十多本著作。《京华烟云》《苏东坡传》蜚声世界，多次获得诺贝尔文学奖提名。他把《孔子集语》《老子》翻译成英文出版，他的成名作《吾国吾民》，轰动国外文坛，他是第三个使中国文化走向世界的中国作家。

他具有深厚的语言学修养，其研究领域涉及音韵学，古代方言，现代方言和国语罗马字的研制以及汉字索引等各个方面。他的语言学著作在当代独辟蹊径，具有较高学术价值。

…………

看完，我毫不犹豫地报考了林立教授的研究生。

林立教授立刻回信了，他对我的决定大为赞赏，他给我回信息说，你是林大师家乡美丽花溪旁长大的女子，是家乡培养出来的才女。我们怀着同根同源同一个梦想，希望你立志回到家乡，建设家乡，实现华夏一家人的文化花溪、文明花溪的远大理想……

我看了无比激动，我的决心更加坚定了。

屈原故里太阳红

如果你要问，秭归人民与他的感情有多深？秭归人民会告诉你，请你看一看背对长江、面朝满山柑橘的一尊塑像，那是最准确的答案。

他常穿中山装，身材魁梧，气度不凡，平易近人。

今天是端午节，他心情十分沉重，浓眉下炯炯有神的眼里闪现出焦虑和不安。

他想起了楚国伟大诗人屈原，"后皇嘉树，橘徕服兮。受命不迁，生南国兮。"他和屈原一样钟情于橘树。他决定独自去屈原祠拜谒诗翁，用心与这位孤忠流芳的爱国诗人对话。特产局的干部小屈在屈原祠接待了他。

小屈介绍说，屈原是地道的湖北秭归人。屈原祠位于秭归县东1.5公里长江北岸的向家坪，为纪念屈原而建。

屈原祠建筑气势磅礴，耸立橘树丛中。屋脊下饰飞凤，天明堂下松鹤延年，两旁麒麟吐玉书，彩绘红、黄、绿、蓝调配，相映生辉。室内可供游人题诗作画，品茗小憩。

时逢端午佳节，江上彩舟如梭，岸上游人如织，热闹异常。龙舟竞渡正在此举办。

只见沿江两岸烟雾缭绕，十里八乡的乡亲们扶老携幼，手捧竹篮将煮熟的粽子带到江边，口中唱着招魂曲，且行且唱，将粽子抛进江中，召唤屈子魂归故里。每条龙舟上都竖起"魂兮归来"的招魂幡，在江中缓行环游，龙舟上的鼓手领头击鼓而唱《招魂曲》："屈原哟，大夫哟，归故里哟。"众桡手和两岸的观众随声应和："归故里哟，哟嗬"，这种深情的祭奠令他心碎。

在小屈的陪同下，他们来到秭归县屈原纪念馆。馆长与他坐在屈原祠的石凳上攀谈了很长时间，攀谈的主题自然是屈原与柑橘。他说，故乡山区荒山多，耕地少，农民生活艰苦；当地的实生柑橘树品质低劣、味酸籽多……

当他得知屈原祠内将种上多种柑橘时，显得非常高兴。他说，以后更多的中外游客都能欣赏到柑橘，这既是对秭归柑橘的宣传，又能让屈原与橘为伴，不再"孤独"。

欣喜之余，馆长借机想让他为屈原祠留下"墨宝"——手抄咸丰年间咏屈原的律诗一首。他当即高兴地答应了这一请求。因为时间仓促，他对现场书写的作品不十分满意。他随即将律诗记录下来，回到自己的家里后，他重新认真仔细地手抄好后，又托人送到屈原纪念馆。他的手抄诗与全国其他书法家的作品一道，集中展出在屈原祠里的碑廊内。他因柑橘情缘与屈原心灵相通，因诗抄他们的身影跨越时空同居一室。

此时此刻，他思绪万千……

回想当年他的博士论文在英国《果树学杂志》上发表后，美国康乃尔大学果树系和加州大学柑橘系分别邀请他担任副研究员。在那战火纷飞的年代，他满怀爱国之心谢绝了美国柑橘界同事们的挽留，毅然回到战乱中的祖国。回国后，任金陵大学教授。他一边教书，一边开展科学研究，利用寒暑假时间，带领师生，跋山涉水，上坡下岭，进行柑橘良种选育。

有一年元月，全国出现大寒潮，大量柑橘树被冻死。为了解决柑橘冻害问题，他和学生大江、小红和阿龙等人对柑橘冻害进行了调查。

勘察百里荒果树基地时，上山要走15里的羊肠小道，他爬到半山腰时，疝气病发作，不听学生的劝阻，仅在路边草地上休息了半小时又继续上山，带病完成了勘察任务。

经过六年共收集不同柑橘品种实生苗2.5万余株，从中选出抗寒的华农本地早橘，经过两次大冻害的考验，证明该砧木短期能抗零下13℃的低温。

正当他潜心进行教学与科研之时，他受到了不公正的对待，被下放到农村大队劳动。尽管这样，他仍带领学生建立果园，办技术训练班，指导当地农民栽培果树。大江、小红、阿龙他们始终和他站在一起，深入鄂西柑橘产区，进行群众性的大规模柑橘选种工作，向国家"献宝"。

记得那年，秭归的村庄出现柑橘树大片死亡现象，81岁的他得知后，连夜赶到秭归。第二天大清早，他便带着阿龙他们越过青干河，来到柑橘园现场采样查看。下坡时，他在阿龙和小红的搀扶下，一步一步地滑到河边，汗水湿透了全身衣裤。最终，柑农在他的指导下，采取得力措施，控制住了这一"不治之症"。

那些颇受消费者青睐，果大无核、皮薄色鲜、肉脆汁多、香郁味甜的秭归脐橙产品畅销全国各地，并出口到东南亚国家。秭归还建立了国家柑橘繁育育种中心试验场和柑橘良种繁育示范场，一年四季都有新鲜脐橙上市。

91岁高龄那年，他最后一次来到秭归县。当看到自己亲手培育的片片柑林硕果累累时，激动不已地欣然题诗："癸酉国庆三峡行，屈子家乡橘满林，彭家脐橙户户栽，优质高产富农村。"小红高兴地给红澄澄的秭归脐橙起名为"太阳红"。

如果你要问，秭归人民与他的感情有多深？秭归人民会告诉你，请你看一看背对长江、面朝满山柑橘的一尊塑像，那是最准确的答案。

在秭归境内有两尊铜像，一尊为屈原"诗翁"，另一尊果树泰斗"橘翁"，是归州 3 万多柑农自发为他塑造的。至今让人记忆犹新的是，"橘翁"铜像在那年端午节揭幕时的感人场景——万余柑农自发从四面八方赶来，纷纷向他的雕像鞠躬致意，表达最真切的缅怀。

每当柑橘丰收的岁月里，"中国脐橙之乡"秭归县到处橙黄橘红，"果园浩如海，靓楼幢幢立"。运输脐橙的车辆川流不息，好一派橘丰民欢的热闹景象。秭归人民总会深深怀念一个人，一个身材魁梧、待人和蔼的老者"橘翁"。

他就是"中国柑橘之父"——章文才。

追 梦

他和她近在咫尺，四目相对却说不出话来。突然他们又同时吟起了新月派诗人徐志摩《偶然》中的诗句："在这交会时互放的光亮。"她想热烈地拥抱老师，两行泪水夺眶而出……

桃花，你好！诚挚邀请你光临梦里水乡诗歌节暨诗歌创作精品奖颁奖大会……

桃花看到这行消息时，颇感有些震惊，于是在内心问了一遍又一遍：这是真的吗？一种惊喜、激动、幸福敲击着她的心扉。

她回想这几年在创作之路上，不知走了多少弯路，若没老师一路悉心指教，她哪有今天的成绩！那滋味是苦涩？是甜蜜？好似打翻的五味瓶……

想到这里，敲击键盘的手不由自主地停了下来，思绪带她进入了三年前的时光隧道：那时，她很喜欢诗歌，尤其是现代诗。然而，这种喜欢让工作的打拼、家庭的操劳悄悄带她进入了不惑之年。是啊！不惑之年，可谓是船到码头车到站，该舍的也都舍了，该有的都有了。

一则偶然的招生启事给她的生命里注入了新的活力与色彩：《星月诗刊》主办网络教学为主的现代诗歌赏析与创作函授辅导培训。她眼前一亮，顿时跨入了那风情万种的浪漫诗句中。啊！那些诗句像受了魔法的小精灵撩拨着她的诗情。

入班后，诗刊社给她派了最好的名师。这无疑给她这个只会读诗还不会写诗的人注射了一剂强心剂。

于是她把一篇篇不成熟的诗发到老师的邮箱……

也许是老师的影响力触动了她休眠中的文思。顿时，她的灵感迸发，文思泉涌，信笔写下了题为《追梦》的诗篇。经过老师一番指导修改后，老师也意识到了她是一位可塑的诗歌人才。在老师的要求下她把那篇叫《追梦》的诗作投到了诗歌大赛邮箱中。

稿件投出后，她开始沉浸诗歌意境中。深秋的夜晚，凉风从窗外吹来，使她打了个寒噤，触景生情地想起了尝试派诗人刘半农的诗句："天上飘着些微云，地上吹着些微风。啊！微风吹动了我头发……"还没写完，她迫不及待地敲击键盘，一不小心就发给了老师。接着就收到老师的回复："叫我如何不想她？"老师说，诗歌采用传统歌谣的复沓手法，用"她"取代女性，仿佛如见其人，如闻其声。

老师为了帮助她实现文学梦，为她制订了远景蓝图。她在这样的蓝图中感悟道：追梦的路荆棘丛生，坎坷不平，但她一生无悔。老师表示，人生难得一知己，不管前面有多少风浪，拼了也值。

此时她和老师同时想起了伟大的抒情诗人裴多菲的诗歌：我愿意是急流，山里的小河，在崎岖的路上、岩石上经过……只要我的爱人是一条小鱼，在我的浪花中快乐地游来游去。我愿意是废墟，在峻峭的山岩上，这静默的毁灭并不使我懊丧……只要我的爱人是青青的常春藤，沿着我荒凉的额，亲密地攀缘上升。

颁奖大会那天，正值隆冬时节，朔风阵阵。到车站迎接她的正是她的老师。他和她近在咫尺，四目相对却说不出话来。突然他们又同时吟起了新月派诗人徐志摩《偶然》中的诗句："在这交会时互放的光亮。"她想热烈地拥抱老师，两行泪水夺眶而出……

追寻老师

　　我的徒弟说，这次笔会印象深刻，他来找一个老师，他找到了。

　　临走，依依不舍！我望着前来车站送别的拐杖先生，我想，我也找到了一个老师。

　　秋风送爽的清晨，我忽然被微信惊醒，D 杂志社总编来信说，我稿子中描写的花溪河边那个自立自强，考取全国名牌大学，赴台湾的交换生女孩，立志报效祖国，建设家乡的故事《花溪梦》，引起了很大好评……

　　风清月朗的夜晚，总编又发来信息，首届"海河杯"全国文学大奖赛评选揭晓和大奖赛颁奖会暨全国作家鲁中笔会的通知。

　　消息不胫而走，在我学生文学群引起了一阵热议。我校工学院一个爱好写作的同学得知此事，心情和我一样激动，积极要求同我一起去参加这次颁奖笔会。但他事先没有投稿参赛呀！不过经过申请，很快就征得了组委会人的同意。海河人，有海纳百川的胸怀，展开怀抱迎接东西南北、四面八方的志士仁人。

　　大会前夜，我给组委会负责人去电话询问有关事宜，电话那头传来温良敦厚的声音："欢迎你呀！一切都安排妥当，只等恭候您的大驾光临呐……"

　　几句暖心的话，让人倍感亲切，把我们的距离一下拉近了。

　　翌日，我们师徒二人登上了北去的高铁。火车经过 7 小时的长途

跋涉，终于到达山东淄博站时，已是灯火阑珊的晚上，我在心里喊着海河，我们来了！

我们下榻的酒店名叫"万鹏大酒店"。万鹏，让人展开想象，鹏程万里、鲲鹏展翅之类，而且和我学生的名字一样，更添一番趣味。

当我们跨进豪华酒店自动旋转门的那一刻，一个挂着拐杖，步履蹒跚的先生，笑眯眯地热情地迎上前和我们握手，边说："欢迎欢迎啊！你俩是武汉的大学来的师徒吧？等着你们用晚餐呢，在那屋里已经准备好啦，饿了先吃再上酒店房间。"顿时一股暖流驱散了天气的寒冷、心头的阴霾和腹中的饥饿，仿佛回到了温馨的家。

第二天上午，会议报到时间。在发给与会者的资料袋中我发现了一本书，还没来得及看书名，我便问书中有没有我的获奖作品，组委会人员吃惊地笑答："这是憨仲的著作，怎么会有您的大作。"

丰盛的会议招待午餐后，在宾馆同房间的张记者谈起了那本书。她说："你不知道吗？写《平地起峰》这本书的人就是那个拐杖先生——憨仲老师。"啊！我大吃一惊，脸红到了脖子。惭愧地想，昨晚进门，在大堂前台还把他当成了开店做生意的伙计呐，真是有眼不识泰山啊！

怀着常人一样的好奇心，中午我打开此书翻看探究起来，对书中山情卷中憨仲的第一篇文章《平地起峰》印象深刻，文中有这样的描写："平地起峰，当我写出这几个文字时，脑海立即浮现出这一突兀的异峰奇观图影……常言道'父爱如山'。二十年前，突如其来的一场重疾把我放倒在病床上。在他老人家多方面的关心护理下，只有一年的时间，我便回到了工作岗位。虽然步履蹒跚，但比起那些卧床不起的病友来，便是不幸之大幸了。如果不是父亲的精心呵护，我的人生还不知是啥结果呢……"

忽然，闹铃响了，不觉已到下午颁奖仪式时间。每位来宾在铺着墨绿色金丝绒的桌前就座，秩序井然，座无虚席，气氛温暖和谐，热烈隆重，胜过那五光十色，豪华绚烂的舞台。此时悠哉乐哉，笑容可掬的拐杖先生在前排台签处已经坐好，等待各位的光临。我入席后，仍然意犹未尽看那本书，看到封二上憨仲简介中，其职务头衔我就不一一赘述。单是淄博市自强模范，已出版专著十七部，两度荣获中国散文精英奖这几项，就已经让我佩服不已。

一阵热烈的掌声把我拉回颁奖现场。入会者的自我介绍和感言，把气氛推向了高潮。六十多位来自首都北京、都市上海、中原河南、春城昆明、沿海城市、西北大漠、西南边陲、白山黑水等全国各地的获奖者欢聚在这齐鲁大地，海河两岸。其中有在文学路上辛勤耕耘数十载的老者，更有小荷才露尖尖角的大学生新秀……

当我的学生站起，握着话筒，沉着娴熟地发表其感言时，博得场内热烈掌声，让我十分惊叹。他说："刚才主持人提到让各位老师讲话，我想说我不是老师，但我是真心来找一个老师的。"说这话时他把眼神转向了我，我和他对视过后，他又回过头去微笑道："这里我最小，理应虚心向各位老师求教。刚才憨仲老师说穷酸文人，我觉得很有道理，人一穷酸就喜欢自嘲，我就借花献佛，吟一首《自嘲》：本是后山人，偶作前堂客，醉舞经阁半卷书，坐井说天阔。大志戏功名，海斗量福祸，论到囊中羞涩时，笑指乾坤错。意思是说，本是后山人没见过世面的人，偶然的机会登上了大雅之堂；本是醉里看书只学了一点点知识就坐井观天说大话；纵然胸有大志却不屑功名利禄，用犹如大海广阔的胸襟来看待祸福。但说到自己口袋里的钱比别人少时，却生气地指着天骂世道不好……"

大家一个接着一个，争先恐后发表肺腑之言，群情激荡，畅谈文学，激动之情溢于言表。

第二天起，组委会组织大家观光采风。

本次笔会选定在全国历史文化名城临淄和青州。拐杖先生是研究齐文化的专家,给我们当了一回出色的义务讲解员。无论是在湖水潋滟,古木交叉的范公亭公园门前,还是在铜绿斑驳的青铜器皿、巨大的封土堆的齐风古韵的齐文化博物馆和桓公台前,他的拐杖咚咚如鼓点总在我们咚咚脚步声之前,似战鼓催征,快马加鞭。

我的徒弟说,这次笔会印象深刻,他来找一个老师,他找到了。

临走,依依不舍!我望着前来车站送别的拐杖先生,我想,我也找到了一个老师。

我的金雀梦

最后，我用杨老师的话为自己加油：好风凭借力，送君上青云；你为它钟情，它给你鞠躬；你为它妙笔生花，它让你衣锦还乡。

2013 年 7 月的一天可以说是开启我写作梦想的一天。那天我正在期刊报纸阅览室上班，和往常一样每天面对几百本新刊，逐一浏览分类上架。我正翻阅着那一本本封面艺术、开本精致、脍炙人口的《小小说选刊》时，忽然，一则消息引起了我的注意：第四届全国小小说高研班招生启事，这激起了我心中的波澜，唤醒了我由来已久的小小说情结。

我从小就喜欢微文学，那时市面上书籍杂志还很匮乏，我总是捧着一本《中学生作文选》翻来覆去地看，后来品味更高一点的就是经典作品阅读文选之类。一篇《让水瓶站岗的人》把数学家陈景润专心研究而忘记生活小事的性格刻画得惟妙惟肖，让人拍手叫绝；理由的《看球记》把我这个不懂足球的人也引入了激烈鏖战，精彩角逐的竞技场面之中。再后来我上大学了，学的是中文秘书专业，有人说你们好轻松啊，学习任务就是看小说，同学们都到学校图书馆去搜寻大部头的小说名著等。可我不一样，我偏偏喜欢短短篇幅的小小说，可那时这类文集凤毛麟角。

我读的第一本这类文集是在新华书店买的上海文艺出版社出版的《微型小说选》，从此记住了王蒙、汪曾祺、吴金良等名人大家和他们的经典美文。

后来我又买了《小小说选刊》十五年获奖精品、小小说选刊精华本，还有小小说金麻雀奖获奖作品，我发现都是由同一个人——杨晓敏选编的。

回想起在 2013 年 9 月我报名高研班汇款之前我犹豫了很久，不是为学费，而是怀疑自己从爱看到会写是否能行，最后是以掷硬币来决定的。2014 年 6 月由于我的小小说作品在"东北杯"全国小小说大赛征文中入围，我有幸参加了净月潭笔会，在风景如画的临水假日酒店的尖顶白色小楼前，我初识豪气的作家 Y 君，他向我介绍了小小说东北军；无巧不成书，在 2015 年 11 月我又应邀参加湖南常德武陵第三届小小说节活动，和前来领奖的 Y 君再次相遇。我们的相识和师生缘分从我对他的作品的喜爱和人品率真而开始了。

2016 年初，我得知金雀坊招生的消息，看到那么多的名流大家来任教，其中就有 Y 君，我喜出望外，果断地决定进入金雀坊继续学习小小说写作，拜 Y 君为师。我的到来得到了教务主任的积极支持，悉心关照和多方指点，金雀坊班成为我温馨温暖的写作园地。

让我印象很深的一次是 Y 君在杨老师聊小小说群讲课"小小说如何选材"，那是 2016 年 7 月的一个晚上，我要求加入了这个群。从此开始每天领略《小小说 300 篇鉴赏》的精彩，分享饕餮大餐。这对提高我的文学素养、写作水平和鉴赏能力是大有裨益的。

我要感谢我的老师，在不到两年的时间里为我看稿子 12 万多字。建立了文档保存，用红色作了修改标记和批语；亲自为我修改文稿，一改就是七八个小时，有的基本是重写；帮我推荐在《小说林》《岁月》《海燕》《北方文学》等省级刊物上发表作品 10 多篇。小小说《爱》荣获东北小小说沙龙 2016 年度优秀作品奖，并入选杨晓敏主编的 2016 年中国年度作品。Y 君说，文学是我们共同的太阳。他总是对我从严要求，让我少上网微信，指出我缺少看书阅读，在写作的许多方面需要恶补，让我多读多写，那才会有好的发展前途……

在金雀坊这片文学园地和沃土之中，我的作品也时常在平台展示并得到称赞，我有幸结识了许多文友和文学上的老师。中国小小说界素有"教父"之称的杨晓敏老师，他致力小小说发展 30 多年，长期编辑《小小说选刊》，我认为他是名不虚传的小小说事业家。

从那年杨老师聊小小说群升级为小小说读写班以后，我有幸被杨老师邀请进入该班学习。在这个班群，杨老师每周末邀请名家授课，我是场场认真聆听的人。例如，在我工作繁忙的情况下，雪老师的课我也没放过。他扎实的功底，儒雅的风度，清晰的思路给我留下了深刻的印象，使我受益匪浅。

杨老师为纪念金麻雀网刊 800 期写文章《读写课堂作家摇篮》，让我十分惊喜，从 2016 年初起"金雀坊""金麻雀文选""杨晓敏自述""栽种小小说纪事"这四个微信公众号相继创办。从读写范文到系列课堂，从名篇推介到助力成才，均属小小说相关话题，每天同一时间发布，内容精心调配，共同构成了一个系列性、组合状的"金麻雀网刊"新品种。这种与时代进步合拍，与民间读写亲密无间的全新方式，毫无疑问，正在进入乃至直接影响着我们当下的精神生活。在它偌大的空间里，正在放逐人们的创造性和想象力。

欣喜看到"2015—2017 年度小小说金麻雀奖"评选启事，这是小小说创作繁荣兴盛的大事，我心情激动地决定申报这个奖项。虽然反对我报奖的人居多，虽然我的小小说作品还很稚嫩。但是为了我从小到大的文学梦，为了我现在的金雀梦，这三年一次的机会我能放过吗？也许"小小说金麻雀奖"这重大奖项的桂冠与我无缘，但是我想这是

我们小小说人义不容辞的支持行动。

最后，我用杨老师的话为自己加油：好风凭借力，送君上青云；你为它钟情，它给你鞠躬；你为它妙笔生花，它让你衣锦还乡。

放飞吧！我的金雀梦！

等你，在桥头

此时此刻，我被惊呆了，高兴极了，儿子居然没有走丢。他紧紧抱着"聪聪"在等我。我惊讶了！对儿子在紧急时刻表现出的智慧。

"我，我把儿子弄丢了。"我给丈夫打电话时，手上拎的包子不自觉地落在地上，说话结结巴巴。我和丈夫即刻开始一个去车站终点，一个在起点寻人。

有人在说："九岁的男孩能自己找回家。"

哎，我后悔刚才真不该一个人去买什么包子，等我来时载着儿子的那辆车就看不见了，一定是开走了……

种种猜疑袭击我的脑海：他会不会中途下车走失？会不会被人拐去卖了？会不会掉到江湖淹死……我不敢再想下去。只觉喉咙哽咽，再美味的早餐也吃不下去了。

丈夫打电话来说联系了当地派出所……

"完了，天哪，儿子这次真的不见了。"我心惊胆战地想，登上了那路车，就是我带儿子清晨乘坐的那路，往长江大桥方向驶去……

车很空，座位很多，我没有坐下。车一阵颠簸，人差点倒了，我胡乱地抓住了车把杆，眼睛直直地盯着司机前方的玻璃窗。我满眼都是儿子的身影，一幕幕往事展现在眼前……

儿子生来就漂亮，浓眉大眼，人见人爱。一次带他上街，我购物时，他被一群人围住，有人说："来看啊！世上竟有这么美的男孩。"

我急忙抓紧他的小手，生怕不留神被别人牵走。

我却不知道灾难在悄悄降临。儿子两岁上幼儿园，当别的孩子在牙牙学语时，他只能一个字一个字地蹦。和小伙伴无法交流，常常独自一人坐在墙角，对老师的指令和提问也没有任何反应。有人说男孩说话迟，性格内向。可到了五六岁还是如此，一点进步都没有。

有一天，老师让我带他去医院检查一下，是不是患了什么病症。

我在车上回忆着，止不住眼泪流淌，这么多年和儿子一路走来，多么艰难辛酸的历程啊……

儿子六岁时，千里迢迢去北京"星星雨"诊所进行诊疗。

一进诊室，儿子就把所有的窗子都关得严严的，发现歪歪斜斜的拖鞋他立刻就摆正放得整整齐齐，有人把窗子打开他又去关严，时而重复一句广告词或儿歌，但他并不明白其中的意思。

他目光一直不和医生对视，连叫什么名字都答不上来，嘴里不停地乱叫着，手乱舞动……医生判定："这个孩子患了自闭症，因为他行为刻板，目光呆滞，无语言表达，无法沟通交流啊！他们只能独自生活在自我的世界中。"

末了，医生叹了口气："太晚了，孩子过了黄金干预治疗期，属于心智性的癌症。"一番话像铁锤猛砸向我的脑袋。我和丈夫都呆傻了：孩子这样岂不是废了？我家的天塌了！我眼前一片黑。

幼儿园不收留他。我和丈夫只好求校长，并给了一笔不菲的赞助费，才勉强收下。八岁时才到子弟小学上了一年级。在学校，他有时会突然发疯似的咬人，不管什么书都被撕得粉碎。他把学校大竹篓里的垃圾掏出来，撒得满校园都是。冬天跑到教室外面淋雨，把自己的书包丢到粪坑里，一边用棍子搅……不到一年，小学就拒绝收他了，被赶回了家。

他的自闭症越来越严重，一人在家砸玻璃门，拒绝吃饭……

后来，一个贵人收留了他，让他进了儿童福利院的特殊学校。就在生活有了一丝曙光时，孩子怎么突然丢了？我捶胸顿足，怎么办？哪里去找儿子？

我猜想儿子就在前面那辆车上，他找不到妈妈，面对陌生人，他不会用语言表达，他不识字，他不知道在哪儿下车。我知道，他着急时，会用拳头猛捶自己脑袋，用指甲抓伤自己的手背直流血……

我在车上焦急万分，前方的马路上，一条狗横穿而过。我突然想起我们住宅小区的那条狗，一双一灰一蓝不同颜色的眼睛。儿子扔进粪坑的书包，就是这条狗拾回来的。从此，我就给这狗起了个美名叫"聪聪"，儿子也由原来极怕狗变得喜欢"聪聪"了，成了好朋友。"聪聪"也把儿子当成了小主人。

我突然想，儿子的去向是否和"聪聪"有关？我还想起我带儿子乘坐过这路车，在终点——长江大桥头下面的沿江大道，在那儿下过车，带他在岸边看过江水，看过轮船。于是我在终点下了车。

我徘徊道上，在雄伟宽广的大桥和岸堤四处搜寻。突然，我瞪大了眼睛——一个熟悉的背影靠在躺椅上，乌黑的头发和绿色的夹克外衣……他在抱着"聪聪"。没错，就是他，我的儿子！我眼前一亮，一片光明，喜出望外，眼泪簌地滚落脸颊！

躺椅的主人过来和我搭讪："这伢像我的儿子，在这儿坐着不走，他在等你。"儿子看见我，高兴地蹦老高，嘴里还是乱叫着。此时此刻，我被惊呆了，高兴极了，儿子居然没有走丢。

他紧紧抱着"聪聪"在等我。我惊讶了！对儿子在紧急时刻表现出的智慧。

遇　见

　　郝院长的眼睛潮湿了，她走过去搂住儿子，拍着穗穗的肩说："他到我那里去吧！第二福利院，我收他。"穗穗不敢相信自己的耳朵，眼泪掉了下来。想着今天出门遇着贵人了。

　　十六岁的男孩十分怕狗，在一条巷子里他看见一只小狗就吓得没命似的飞跑，转个弯他妈妈就见不到他人影了。他的妈妈穗穗吓得一身冷汗，穗穗边喊边跑，边跑边喊着儿子的名字木木。

　　只见前面上坡转弯处，有一个食堂，那是中山特殊学校的食堂。正是中午，食堂门不知怎么被关了起来，有很多就餐的人员被拦在了外面，还有不少穿着制服的保安，整装待发，有几个保安正设法打开被锁上的门。穗穗累得气喘吁吁，好不容易冲上了坡，她没有心思看热闹，一心想快点找到儿子。

　　凑上前去，穗穗看见一个中年女人，她身材较丰满，穿着得体、短发、慈眉善目。她发现穗穗焦急的神情，关切地问道："你是找人的吧？有个大男孩，沿着坡跑上来，拼命往前冲，也不说话，冲进食堂，关上了门，锁上了……里面有儿童福利院的孤儿在吃午饭，有的吓得叫起来了。那个大男孩边乱喊叫边把门顶着不让开，这不，有人就报警了，怕他对小伢们造成侵害，说要把他抓起来。"听罢，穗穗急了，立马扒开人群，她已经意识到那个大男孩一定就是自己的儿子。她直盯盯看着正在被人打开的食堂门，只见一个大男孩被一个保安从背后扭着双手"遣送"出来。穗穗见状，急忙伸出手去牵儿子，边望着保安说："你们放开他，他是个特殊的孩子。他特别怕狗，见到一丁点小狗都会惊叫着飞跑地躲起来。他肯定不会伤害别人，他只会自己打自己……走，木木，我送你去学校。"

中年女人仔细地打量着这个男孩，在她面前是一个浓眉大眼、五官端正，个头高大的看起来毫无缺陷的英俊少年，长得和影视演员没什么两样。她马上吩咐保安松开了这个其实并不会侵害小伢而很惹人爱怜的大伢。凭她的职业习惯她一眼就看出这个男孩不一般。

"他十五六岁了吧？你还带他来上这个学校，这里只收孤儿。"中年女人望着似曾相识的穗穗说。"你是？"还没来得及等中年女人回答，儿子又一边喊叫一边用手在眼前晃动着，一跳多高要跑。中年女人上前拉住儿子说："走吧！我们一起到办公室谈谈吧。"

"安医生，你看看这个伢的情况吧。"中年女人对坐在办公室穿白大褂的男人说。

"哎呀！郝主任，您今天怎么有时间过来视察？"啊！主任，什么主任，穗穗心里又喜又忧，眼泪夺眶而出，如泣如诉地讲了儿子今天在家发生的一幕幕："他上不了学，他爸爸出差不在家，我也上班去了，我只好把他锁在家。他不吃早餐，把我留给他的蛋糕、面包捏碎撒了一满地，这还不说，他把客厅玄关大玻璃捶垮，把电视机遥控掰成两半……他还把自己的手脸抓破流血。"

"我觉得他不能这样下去了，他应该和其他孩子一样去学校上学，但学校要么退回来了，要么不收他，所以我想到了这里。他几年前来过的学校，还是让他在这里上学吧！"穗穗拉着郝主任的手恳求地说。

郝主任正要答话，只听见大男孩"砰"地关办公室窗户的声音，口里边念着一句广告词"白猫洗洁精"，一边又赶忙把地上的拖鞋摆得整整齐齐。然后站起来，大幅度摇晃着自己的上身，把一只手的食指划着另一只手的手心，嘴里发出"哦呦、哦呦"的叫声。

安医生观察到男孩的行为，起身拍拍他的肩膀问："小伙子，你叫什么名字啊？"男孩的目光没有对视医生，也没有回答。

"依我的经验看，这孩子一定行为刻板，与人目光缺乏对视，时而说与环境无关的话，时常发出怪异的声音和做螳螂臂似的动作，而且到了青春期可能会烦躁不安，出现破坏性和自伤行为……"安医生对郝主任和穗穗说道，"他很像是'自闭症'患儿，一般有语言、交往、思维等方面的障碍……"

穗穗听罢安医生的话，从头凉到了脚，心都碎了。她想到这十几年来和儿子一路走来的艰难辛酸的历程："儿子六岁不到时，曾慕名千里迢迢来到北京'星星雨'进行诊治，被著名的心理医生诊断为"自闭症"，诊断不谋而合啊。心理医生说这样的孩子行为刻板，目光呆滞，无社会规则意识，无语言表达，无法沟通交流，他只能独自生活在自我的世界中。像星星的孩子，各自闪烁在自闭的天空！"

安医生边埋头查看着病例边说："这种病例被视为心智性的癌症，世界上尚无治愈的办法，且诱发原因不明。只能及早地干预和训练，可以考虑是到精神病院去还是到福利院去。"

"我看这孩子还挺乖的，我喜欢他，怎么忍心放到精神病院那种地方去！"郝主任边说边望着穗穗。

穗穗呀！她哪敢透露许多实情，她担心没处收留这个曾让她怀着灿烂的希望而又让她倍受折磨，最后希望变成肥皂泡的可怜的孩子。想到儿子八岁时好不容易被照顾进了子弟学校就读，结果他把书包丢到粪坑里，冬天跑到教室外面淋雨，把学校大竹篓里的垃圾扔得满校园……

郝主任的眼睛潮湿了，她走过去搂住儿子，拍着穗穗的肩说："他到我那里去吧！第二福利院，我收他。"

穗穗不敢相信自己的耳朵，眼泪掉了下来。想着今天出门遇见贵人了。

郝主任牵着儿子的手亲切地说："今天是星期五，你直接跟我走，双休日后妈妈再给你送衣服来，好吗？"木木没有听懂，也没有回答。

郝主任又想起了什么补充说："等着吧！一有机会我就给你儿子留一个可在福利院抚养终身的指标。"

安医生听了也很兴奋，他站起身，望着穗穗说："郝主任收养照顾过三千多个孤儿，她自己也是一个孤儿。为了先护理抢救无头发无手烧得发烫的老人，她自己的儿子发烧耽误了治疗，结果……唉，不说啦，这事一直让她这个做母亲的留下了无尽的遗憾呐！你今天真是机会好，遇到了救苦救难的活菩萨了！"

穗穗心想：我这是前世修来的福分呐，今天出门遇见贵人啦！与其说是机会好，不如说是好时代好社会，人民好福利呀！要不然我的孩子到哪里去找归宿呀？

度过了难熬的周末，想到儿子就要离开家，或许就永远留在福利院了，她矛盾得很，但也没有办法。她抱着儿子的衣物行囊，坐在车的后排，她不想让司机看到自己流泪的样子，车子开动了，向福利院进发，穗穗的眼泪再也止不住了，像断了线的珍珠一样撒落下来一直没停。

心花怒放

残疾儿童康复中心的男孩——神奇宝贝的制作者，他在观众席看演出，他认出了自己的作品。他无法争辩，他只好默认，只有默认。

丹丹喜欢花，也喜欢跳舞，她跳起舞旋转起来红裙子好似一朵盛开的红牡丹。

心花怒放舞蹈俱乐部的青青老师在练功房周围精心营造了一个百花园，园里栽满了各种各样、五颜六色的花，似孩子们的笑脸和一颗颗纯真的心。

一月寒梅、水仙、报春来；二月春兰、山茶、水仙开；三月玉兰、海棠、郁金香；四月牡丹、芍药、樱花怒放。

人间四月天，不与百花争报春之牡丹花会准时地绽开笑脸。它细而长的花枝，翠绿清爽；叶子犹如一个个小巴掌欢快地拍着手欢迎小朋友们的到来。

五一劳动节快到了，青青老师正紧锣密鼓地在编排集体舞《心花怒放》，她要带明星班队员们到大剧场登台义演呢。

老师们按照各人高矮胖瘦定制的漂亮的表演规定服装，让小明星们抢着试穿起来。从她们身上显露出健美挺拔的身材，热情奔放的姿态，散发出千般自信，万般生机。

随着富有节奏张力的美妙乐曲响起，明星们的舞态时而刚柔相济抒情，时而动感摇曳多变，时而豪放强悍振奋，时而风趣活泼轻盈。

老师严肃地拿着教鞭不断敲打每个队员的出错部位，苦口婆心地反复叮咛示范，老师和裁判的表情仍显得不甚满意。

经过两周的集训，这支舞终于有了点看头。但青青感觉还缺了点什么？对，缺花。在明星宝贝们漂亮的服装上点缀装饰一朵花。什么花呢？青青老师想着……

一天，青青走过百花园。里面牡丹争奇斗艳，竞相开放着。绿油油的叶丛中花朵格外显眼，她眼前一亮，一朵朵张开笑靥的花骨朵长了脚似的蹦到了明星宝贝们的腰间。

老师有了主意了。她向队员们布置了一个任务，观察百花园，每人制作一朵花，看谁做得最漂亮精致，谁在前排领舞……

丹丹最喜欢牡丹花，她把观察结果写在了作文里。在她眼中的"花中之王"被她比喻得十分形象：朵朵娇艳饱满，花瓣重重叠叠。花的姿态很多，有的花瓣儿才展开两三片，小露珠正在它身上打滑梯；有的花瓣儿全展开了，露出灿烂的笑脸；有的还是花骨朵儿，看起来饱胀得马上就要破裂似的。花色数不胜数，有白色的，似洁白玉盘；黑色的，像黑亮宝石；绿色的，宛若碧绿翡翠；红色的，如一把火炬。牡丹的叶子是绿色的，形状像枫树叶，似大巴掌。春雨过后，你会看见几颗晶莹的露珠静静地躺在叶子上，懒洋洋地晒太阳，被春风一吹，露珠从叶子上滑落下来，像小孩子在玩滑滑梯。

语文老师在班上念了这篇作文。可丹丹并不高兴，她心里着急，因为她会写花，但不会做花。

一天，丹丹在一个快餐店过生日。走过来一个和她年龄相仿的男孩，他在丹丹面前站住了，伸出手递过一个东西到她眼前，并打着几个手势。丹丹立刻看出他是个聋哑人。烛光映照着爱心蛋糕，映照着聋哑男孩可爱的脸。丹丹许下了一个心愿，然后一口气吹灭了所有的蜡烛。

此时，神奇出现了。

男孩手中有一朵神奇的花，比百花园中的牡丹更胜一筹。丹丹无法用语言形容，那花瓣的色彩，说它粉红，又似乎有一种淡淡的白色镶边；也无法用文字形容，那花瓣的质感，说它浓妆淡抹，它又显得那样清新雅致。丹丹如获至宝，她毫不犹豫地拿出压岁钱买下了这朵神奇宝贝。

丹丹把神奇宝贝交给了青青老师。

五光十色的大舞台上，神奇宝贝映衬下的丹丹红舞裙别具一格，大放异彩。

《心花怒放》舞获奖了。善款和门票费全部捐给了残疾儿童康复中心。

丹丹的"神奇宝贝"得到了舞蹈协会的嘉奖。

残疾儿童康复中心的男孩——神奇宝贝的制作者，他在观众席看演出，他认出了自己的作品。他无法争辩，他只好默认，只有默认。

紫荆花的一天

紫荆花高兴地步入了被红地毯铺满的地面，在绿色植物环抱之中的馆舍布局显得格外优雅漂亮；恒温的中央空调，隔音天花板设备安静舒适。

紫荆花出生在香港回归那一年。难忘三月的那一天，紫荆花绽放，淡淡的紫荆花摇曳着清香，摇曳着枝条，摇曳着清晨的阳光，斑斑点点地洒在整个空气里。

生机勃勃的紫荆花在她蹦蹦跳跳的年龄就开始迷恋香港迪士尼乐园。她用稚嫩的彩笔画下了那里的参天古木、鸟语花香。

有一天，家人抱着她飞到了童话一般的世界里。那里有最吸引她眼球的各种大型的游乐设施，有"疯帽子旋转杯"，有"小飞象"，有"森林探险"，可谓应有尽有。可那时她身高还不到一米二七，连"全程直达"都玩不了。

几年后，紫荆花已是朝气蓬勃可爱的女孩。

有一天，从内地到香港某大学攻读研究生的一个大哥哥邀请紫荆花去游香港。

大哥哥说，那是一座五光十色的城市，不同的人看到的是不同的风景。有人说，香港是购物天堂和超级市场，让人流连其间，各取所需；也有人说，香港是一个文化沙漠，物欲横流，纸醉金迷；但更有人说，香港是怀旧的所在，市井草根，历史遗韵，历历在目。

初冬时节，紫荆花从寒气袭人的内地来到这凉爽舒适的岛屿地区，让她一下子联想起了课文《香港，璀璨的明珠》。

大哥哥带着紫荆花去的第一站是他的大学图书馆。

现在，与其说紫荆花迷恋的是疯狂有趣的迪斯尼乐园，倒不如说是一个智能服务的透明的知识殿堂和自由舒适的学习空间。

紫荆花想，她一定会被拒之于神圣的殿堂之外。她把自己的双肩背包藏在了宽松的粉色外套里。

她看见一个金发碧眼的女郎，在门径刷了一下手里的卡，就大摇大摆往里走，身后的一个大行李箱也一同拖进去了。

还未进门，映入紫荆花眼帘的是图书馆大厅里精美的紫荆花盆景。

大哥哥说，见紫荆如见香港。传说当年港人抗英，村民在桂角山合葬牺牲的英雄，后来山上长出紫红色花朵的树，开遍了新界山坡，清明前后，花期犹盛，像是对烈士的缅怀，从此即被命名为紫荆花，后来成为香港的市花，并在 1997 年香港回归后出现在特区的旗帜上。它象征着港人强劲的生命力，更体现了港人曾经的乡土情怀。

大哥哥猜到了紫荆花的心思，掏出自己口袋里的一张卡说，只要办理这张卡，读者就可以自由使用各种资源，包括上网浏览、借阅书刊、随时自动复印和打印资料等等，一卡通行，极为方便。别说你随身的背包了，就是大行李箱等也均能带入馆舍。

紫荆花高兴地步入了被红地毯铺满的地面，在绿色植物环抱之中的馆舍布局显得格外优雅漂亮；恒温的中央空调，隔音天花板设备安静舒适；书架、阅览桌、椅子、书刊展示区、沙发休息区设计得十分合理。墙上员工的理念"附和情况、附和时间、附和你"十分耀眼。

一间间配有计算机、打印机和电视的讨论室。

一间间音像、声像多媒体欣赏室让紫荆花目不暇接。

一排排计算机，均爱惜、保养得很好，总保持着其良好的工作状态。

大哥哥告诉她，这叫检索计算机。

很巧，那金发女郎正在检索机旁查找资料。查完，即在前台有防噪音干扰的遮音罩子打印机里打印出了精美的彩图。

大哥哥和金发女郎用英语交谈起来，他得知她来自大西洋彼岸国家，得知她是在其他院校借了书而在该馆归还来了，他得知她需要到电动密集书架取书。

他帮助她按动架壁上的电钮，但见书架自动闪出空隙，灯光自动点亮，她便可进入取阅。密集库容量达 70 万册书，相当于一个大中型图书馆的藏书量。

接着，金发女郎去了 24 小时昼夜开放的阅览室。

黄昏时分，紫荆花用走廊处的免费电话给家人通了话。

她口渴了，在清洁的水龙头处美美地喝了几口甘甜的水。

夜幕降临时，大哥哥带紫荆花出了图书馆，来到了见证了香港大半个世纪的变迁和浓浓的平民气氛的茶餐厅。点杯丝袜奶茶，吃个菠萝包，看着伙计与客人谈天说笑，人生百态，尽在此中。

紫荆花又背诵起课文："高楼大厦的霓虹灯光彩夺目，热情欢迎来自五洲四海的游客。"

从此，紫荆花有了一个梦想。

教室里的噪音

丁老师合上语文书，气急败坏地走向教研室，一进去，她发现办公桌上有一份《云天都市报》，报纸的头版头条一行醒目的黑体字"排排坐，团团坐，孩子上课该咋坐？"

丁老师手里拿着语文书，表情严肃地走进了六（1）班教室。她大喊了一声"起立"，掩饰不住的是她美丽的大眼睛里蕴含着的对学生的认真负责与关爱的神情。

头上扎着长长的马尾辫的女孩胡蝶花和比她矮一个头的胖男孩面对面地行礼，拖着长腔叫道："老师好。"只听见"咚"的一声，胖男孩儿调皮地伸长脑袋，头顶和胡蝶花的额头撞了个正着，胡蝶花金星直冒地喊道："哎哟，我的头。"说时迟，那时快，正在这时，像瘦皮猴似的瘦男孩轻轻地移开了穿着长花裙的女孩杨柳身后的凳子，随着"同学们好，请坐下"的声音刚落，紧接着就是"哐当"一声，凳子被绊倒，杨柳一屁股重重地坐在地上，气得把背后的瘦男孩狠狠地打了一巴掌，娇喝道："你有病！找死呀！"又没敢往四处望，赶忙偷着爬了起来。

"怎么回事，怎么这么多声音，"丁老师郑重其事地宣布，"从今天起，上课不再排排坐了，而是每两个同学的课桌拼起来，面对面地坐，六个人围成一组，叫团团坐，共八组。进行讨论式、自主式教学，下面马上发导学案。"顿时，教室里像开了锅似的，有互相做鬼脸的，有抱成一团的，有相互扯皮抢文具的。

坐在胡蝶花旁边的杨柳，刚从美国回来，聪明文静好学，她正拿着导学案认真地看着，胡蝶花一把趴在她身上说："我给你讲鬼故事。"杨柳很不乐意地对她说："美国小学生上课也没这么团团坐，你愿意怎么坐。""我随便。"这时，杨柳摸着她摔疼的屁股，想了想说："这样可不好，我们从两个人说话，变成可以六个人说话了，影响学习。"数学、英语总考不及格的胖男孩对着瘦男孩嘻嘻哈哈笑起来，哈哈笑个不止，瘦男孩都笑弯了腰。

丁老师捧着没发完的资料，再也忍不住了，情急之下，她用方言指着瘦男孩说道"你跟我到前面去站着上课……以后同学们要积极主动学习，你们唱主角，我敲边鼓，今天的古诗、格言自己学、背，有不懂的再问我。"

有同学见机会来了，就开始八仙过海各显神通了。霸气的张龙绰号叫"龙王"的男孩背对着老师坐着，乘机掏出手机，摇头晃脑地听起了本兮的《未成年》："我喜欢上课，但不喜欢听讲，老师布置作业是坏心情的表现。"丁老师闻声走过来二话不说，毫无表情毫不犹豫地没收了他的手机。

不知哪个同学扔出一个装有海绵宝宝的矿泉水瓶子，被瘦男孩接住,他拿着如获至宝，像玩杂技似的抛向空中扔接，一个、两个、三个……只听"扑通"一声，瓶子从他手中滑落，海绵宝宝像五彩万花筒似的在瓶中变幻，他急忙一个鲤鱼打挺去抢接，结果踢到一个凳子脚摔了个大马趴，把正在默默背诵的杨柳的书也撞飞了，她尖着嗓子喊道："我的书。"

此时，胖男孩正拍着从课桌底下掏出的一个不大不小的球"砰、砰、砰……"不料，球没抓住，滚到了教室门口。

胡蝶花正伏在桌上在一张纸上神秘地写着什么，然后折起来，拿在手上，用胳膊肘拱了拱另一组和她背对背坐着的龙王，可惜纸条没接住，被那组的女生捡去了，胡蝶花无可奈何想去抢。

丁老师见到这些情景，非常生气，是可忍孰不可忍，她瞪圆了眼睛吼道："我都等待你们十分钟了，一直像苍蝇一样嗡嗡安静不下来不说，还制造了这么多噪音。"她拿起备课夹敲着龙王的头说："跟我到讲台前去站着。"顺手提起装有海绵宝宝的水瓶扔到了窗外。

下课铃声响了，数学明老师端着一摞作业本正准备进教室，差点被那个球绊着摔一跤。只听见一群女生举着一张纸条在朗诵："啊！龙王呀！我永远爱着你，如果有需要我的时候，请随时召唤我，我永远是你贴心的小棉袄……"

"请安静，"明老师用目光扫视了一下教室感叹道，"我要有八双眼睛才看得过来，胡蝶花、张龙……把数学作业拿去改错。"

丁老师合上语文书，气急败坏地走向教研室，一进去，她发现办公桌上有一份《云天都市报》，报纸的头版头条一行醒目的黑体字"排排坐，团团坐，孩子上课该咋坐？"丁老师陷入了沉思……

矿泉水瓶子

谢谢你一直养 yu 我，我的生日就是你的受难日，那天你心如急火，等我来到这个世界时，你是多么开心呀！

今天是母亲节，女儿一反常态，自己起得特别早。然后，背起一大袋每天积攒的矿泉水瓶子，说是要到社区门口的步行街去……

忽然，我的手机响了，是我的女友打来的。她说约我出去逛街，说今天过节肯定能遇到做活动打折的，说她开车到我家来接我。

好友一进门，环顾左右，咋咋呼呼起来："你的新住房好大呦，四室两厅。"

她好奇地看着饭厅里堆放的横七竖八的矿泉水瓶子，在通道和客厅之间的玻璃玄关旁她停住了，里面摆放的五颜六色的纸卡和花吸引了她的目光。

在一个自制的立体的活动的贺卡面上用蜡笔画成的心形、菱形、圆形、三角形的框内写着稚嫩而工整的五个字"母亲节快乐"，里面写着：

妈妈：

Nin xinku 了，zhu nin 母亲节快乐，xiexie nin gei 我洗 yifu。

我凑过去，感慨地说："这是我女儿刚上小学一年级给我做的礼物，那时她还认不得写不了几个字，好多字都是用拼音代的，还谢谢我给她洗衣服，知道感恩啦！"

还有这些粉色的康乃馨和玫瑰花，海蓝色的水晶苹果，小提琴音乐盒等等都是用大人给她的,放存钱罐里,平时没舍得花的钱给我买的。

　　爱你的女儿:Alice

　　写给妈妈的一封信

　　妈妈:

　　　　谢谢你一直养 yu 我, 我的生日就是你的受难日, 那天你心如急火, 等我来到这个世界时, 你是多么开心呀!

　　　　祝

　　　　妈妈天天开心!

　　"Alice 是谁? "好友看着橱窗角落的粉色小 T 恤形状纸片上密密麻麻的小字说。"哦, Alice, 是方英语老师给我的宝贝起的英文名。"我俩相视一笑, 已是泪眼盈盈。

　　叮咚、叮咚门铃响了,不一会儿,只见额头沁出汗水的宝贝女儿站在家门口,她说她是一步两三级阶梯跑上楼来的,一进门她说:"妈妈,闭上眼睛。"她胳膊围住我的肩头,我感到充满了柔软丝滑的温暖,一条豹纹花型的小方巾。女儿得意地说:"我买的是你最喜欢的这种,是拿我收集了一年的矿泉水瓶子去卖的钱买的,现在瓶子钱都跌价了,这算我自己赚的钱,我厉害吧! 你围着它就不会犯颈椎病了。"我搂着女儿说:"孩子,六一儿童节妈妈送给你什么礼物呢? "

　　这时, 好友的手机响了, 是她女儿打来的, 我俩相视甜甜地一笑, 女友高兴地对我说:"好巧, 我的宝贝也用卖矿泉水瓶子的钱给我买母亲节礼物啦, 还是女儿好啊! "

一块梅花表

男士满脸无奈，一边训斥了年轻女子几句，一边抽着烟，望着惊慌失措，躲在角落的梅花。从此，梅花搬到地下室去住了，男士默许了这一切。

我是一块古典优雅，颇具现代气息的梅花表，我来自瑞士。因为我朴实精巧分明的线条，圆形设计的款式，光辉夺目的镶钻表盘，华贵雅致的风格被中国的一个男士选中。他付出了不菲的价格把我买下，作为生日礼物送给他的宝贝女儿。

男士买下我这块表更重要的是因为，梅是一个姓氏，他姓梅，钟情梅花，他特意给女儿起名"梅花"；梅花是中国特有的，早在3000年前就开始种植梅花；梅树的寿命很长，可达千年以上；梅花文化深深地融入中国人的日常生活，还有许多地区和城市以梅花命名；梅花表品牌在中国人心中就是坚定和持久的象征。

所以，我被小心翼翼地放进了一个红木漆梅花图手绘盒单抽屉珠宝箱。我登上了瑞士航空班机，飞越了六个国家，历时十多个小时，来到了中国。

一到家，男士急切地把我取出珠宝箱。梅花表闪闪发亮的绿色夜光吸引了天真活泼的小女孩梅花，她高兴地要把我带到学校去给老师同学们炫耀。

在体育学院的乒乓球训练基地，梅花把我挂在了球台中间的网栏的网柱子上。她把我给她秀美的教练欣赏过之后，练球之前就挂在那儿了，她把我忘那儿啦。清场关灯后，闪亮的夜光让清洁工夫妇发现了我。妻对夫说，我从来没见过这么高级贵重的表。夫对妻说，你就用普通的电子表实在踏实，你等着失主来认领吧，她们一定很着急。于是，我回到了小主人梅花的手里。

在一个炎热夏季的中午放学后，我的小主人怕把我再弄丢了，就把我戴在她胖乎乎的手腕上。和表姐一起到家对面的汤馆去吃她最爱吃的鸡汤粉丝。越吃越喝越热，我柠檬黄色真皮表带被她的汗水浸湿了。小主人不得不又把我取下放在餐桌的角上，忽然一只绿头苍蝇栽进了她的汤碗里，她惊呼起来，十分厌恶地站起离开跑了出去。表姐见状说，这店卫生条件太差，汤不给付钱了，随即扬长而去。

这是个小夫妻店，女人做汤。男人抹桌时发现了这块他一直想买又买不起的瑞士表。女人说，快追出去吧，她们还没走远。这样我又回到了小主人温暖的手中。

不久，男士家来了一个年轻女子。男士让梅花称她为"妈妈"，梅花躲进了自己的房间再不言语，也不和她同桌吃饭。

一天，小主人把我放在茶几上被年轻女子看见，她很是惊讶！并对男士说，不能让这么小的孩子用那么贵重的表呀。

于是，男士很无奈，不得不把我戴到了那年轻女子纤细白嫩的皓腕上。每天晚上睡前她都把我看了又看，摩挲着轻轻放在她的床头柜上。

一年以后，年轻女子生小宝宝了。她不得不把我从她渐渐粗糙的手上取了下来，重新小心地放回了红木漆梅花图珠宝箱里。

有一天，年轻女子和男士一起带着宝宝出门了。

梅花蹑手蹑脚，身轻如燕般蹦进房间。她从珠宝箱里把我这块梅花表拿了出去。

周末到了，梅花十分想念在老家养病的妈妈。她把我这块表戴到了她亲妈骨瘦如柴的手腕上。亲妈有气无力却眼里闪着希望的光亮对她说，孩子，虚荣心要不得。你从小就喜欢看《西游记》，这名著中的名言我俩背诵过的。梅花接过话茬答道，《西游记》中，头戴莲花冠，仙风道骨一脸慈悲的菩提老祖说："悟空，过来！我问你弄甚么精神，变甚么松树？这个工夫，可好在人前卖弄？"对，孩子，莫在人前卖弄。这么昂贵梅花表还给你新妈保管吧，和她好好相处……

年轻女子发现我这块梅花表不见之事，大发雷霆。她对那男士说，梅花偷东西。她俩厮打起来，梅花倒在地上，号啕大哭。她骂梅花是有娘养无娘教的坏孩子。男士满脸无奈，一边训斥了年轻女子几句，一边抽着烟，望着惊慌失措，躲在角落的梅花。

从此，梅花搬到地下室去住了，男士默许了这一切。

在一个清晨，我被年轻女子扔到了床下，口中念念有词："那病鬼和小赔钱货戴过的脏东西我可不要……"

从此，我这块梅花表再没有闪亮的光芒，众人的艳羡，主人的爱抚，只有一层又一层的灰尘在我的身上越来越厚……

长白山非长白来也

　　一辆辆长白山天池旅游专车如白色的长龙穿云盘旋而上，速度快得惊人，车中的游客尖叫声此起彼伏，心里一阵阵悬起，既刺激又畅快，小车上山下山交错对开，飞速顺畅，司机师傅的水平可谓娴熟高超啊！待下山之后，回想起来不觉有些后怕呀！

　　火炉城市的盛夏酷暑，炎热难耐，去北方尤其是东北地区避暑消夏是不错的选择。一放暑假，我们一家人便开始了夏日的旅行计划。

　　无巧不成书，正好我被邀请参加水土保持学术年会和东北西北地质考察活动，我让女儿也报了名，和我一起参加考察队，让她开阔眼界，锻炼意志，增长知识，提高能力。考察路线为沈阳——长白山——青海湖。

　　让人没有想到的是，沈阳的炎热程度竟然超过了我们火炉城。

　　走在去沈阳故宫的小街上汗流浃背，挥汗如雨，东北的夏天也不避暑啊！去沈阳故宫和张氏帅府的人却熙熙攘攘，摩肩接踵。在导游图上看，北郊有方特欢乐世界，皇家极地海洋世界；沈阳东北方向有沈阳怪坡和虎园。都是女儿的最爱。但肚子咕咕叫了，我带女儿去了帅府饭店，一进饭店，立马就清静凉爽起来，在舒适洁净的餐桌椅上就座。点了赵四小姐粤菜，寿夫人水饺，少帅韭菜……吃着喝着，一天的燥热疲劳，饥肠辘辘消失殆尽，那种爽快惬意的感觉让人流连忘返啊！

忽然，丈夫打来电话，问要不要去长白山，说要好几天的长途跋涉和跋山涉水，很累的！我和女儿回答说，机会难得啊！长白山这神山圣水，5A 景区能不去看看吗？！但丈夫强调说，据他的体会和别人所说上长白山看天池往往是白来。

我们执意去了。考察队一行 10 多人，坐了一宿卧铺车，到达长白山天池的脚下。一大早，旭日东升，天气晴好的样子，可不一会儿，又下起了雨。听从山上下来的人说，那上面可冷啦，要穿羽绒服和雨衣！女儿听了后，硬是要把自己武装起来。

看天池的人真多啊！可以说是人山人海，密密麻麻。有不少人都穿起羽绒服耐心地在售票处门口的护栏里排队等候。

考察队里有一个刚从美国夏令营回来的小学三年级的小女孩，和我女儿这个初中三年级的大女孩两人一问一答起来。

小女孩说，我知道为什么叫长白山，我们课本里是这样说的：长白山在吉林省东南部，山的最高峰海拔 2749 米。长白山山高地寒，山上终年积雪，望之白茫茫，所以叫长白山。

大女孩说，你知道长白山最著名的景点为什么叫天池吗？我们地理课刚学过的：长白山是座火山，天池就是这座火山的喷火口。自清乾隆以后，长白山就停止喷火，原来的喷火口成了高山湖泊。因为它所处的位置高，水面海拔达 2150 米，所以被称为天池。平均水深约 200 米，据说中心深处达 373 米。在天池周围环绕着 16 座山峰。在晴朗天气，碧水中飘着白云，天水相连，云山相映，云中有山，水中有云，景色秀丽异常。但是，这里经常是云雾弥漫，并常有暴雨冰雹，因此，并不是所有的游人都能看到她秀丽的面容。

小女孩又说，听我爸爸说天池除了水之外，就是巨大的岩石，没有一草一木。但是，却不时听到有人说看到有怪兽在池中游水。科研人员进行了长时间的观察，除了看到过一只黑熊在池边洗澡外，没有发现任何动物。他们对天池的水进行过多次化验，证明天池水中无任何生物。既然水中没有生物，若有怪兽，它吃什么呢？天池的水从一个小缺口上溢出来，流出约 1000 多米，从悬崖上往下泻，就成为著名的长白山大瀑布。我一定要上去看怪兽游泳。

终于要上山了，由于人多我们的队伍也打散了，我和女儿很幸运地一起乘坐在七人座位的白色中巴上。一辆辆长白山天池旅游专车如白色的长龙穿云盘旋而上，速度快得惊人，车中的游客尖叫声此起彼伏，心里一阵阵悬起，既刺激又畅快，小车上山下山交错对开，飞速顺畅，司机师傅的水平可谓娴熟高超啊！待下山之后，回想起来不觉有些后怕呀！

我们第一次上天池，就遇到云开日出，一阵雨雾过去，天池就让我们一览无遗了。

只见神秘的天池白云缭绕，五色斑斓波光岚影，群峰环抱，很是壮观。天池湖水清澈碧透，一平如镜；周围 16 座奇异峻峭的山峰临池耸立，倒映湖中，波光峦影，蔚为壮观。

排队拍照的游客有几十米长，在灿烂阳光下，只有撑起阳伞，才能抵挡一些太阳的炙烤。女儿租的羽绒服和买的套装雨衣都是白瞎了，还不好保管。

脚都站酸了，终于轮到我们。专业摄影师用专业相机给我和女儿在最佳角度拍了几张天池全景照片，那是非常难得的记录和纪念哪！

听说小女孩没看到怪兽游泳，排队时间太长太累，她趴在爸爸背上睡着了。后来又遇漂移而来的云雾，挡住了视线。小女孩又饿又渴，被带到了长白山天下第一泉下，饱饱地喝了一肚子清凉明净的甘泉。

从海拔 2189 米的长白山天池下来，我们心情十分满足，那是顶烈日，在茫茫人海挤了数小时换来的眼福。回想起那缥缈的浓雾逃之夭夭过后，那宛如平镜、清澈碧绿的湖口显现出来的时候，那心情是多么的激动啊。天池常年的低水温，天池 373 米的深度，会让人联想到 200 万年前，一股巨大而火红的岩浆由关东大地深处喷薄而出的景象，它秀美壮丽的风姿正是天设地造，鬼斧神工啊。

丈夫说，他登过四次天池，均被迷雾锁住。这次我们第一次上山就亲眼见到我们国家最高、最深、最大的火山口湖，不得不让人惊叹折服啊！所以说这次上长白山是物有所值的，并不是像许多游客说的，因为等上一个星期都看不到天池真面目而尴尬遗憾，而误认为上长白山是长白来也！哈哈！

寻觅喵星人

在这里就连吃饭时间猫也不会让你消停，不经意间你一抬头，发现不知什么时候它已轻悄悄地跳到你的餐桌上在嗅着你碗盘里的美味佳肴。艾喵兴奋地和它们嬉戏打闹，乐不可支。

有个女孩爱猫如命，每个星期都要去猫岛玩一次。什么英国短毛猫、布偶猫、豹猫、波斯猫、加菲猫、无毛猫等等，她如数家珍，并且对猫的特征、习性、喂养，甚至繁殖都了解得一清二楚。她给自己起了个网名叫"艾喵"。

艾喵得知有一部电影，讲述一位少年因意外受到猫咪诅咒，被迫离开了自己心爱的女孩，9 年后当诅咒即将破除之时，少年和女孩却不期而遇。这部电影的女主角开发了一款"猫语翻译官"APP，却遭到动物专家的公开抨击。为了求他收回差评，女主角随他学习猫语，两人在相处过程中逐渐互生情愫。该影片名叫《我爱喵星人》。

艾喵兴趣盎然地观看了这部轻喜剧，看完之后她构想着能开发一款"猫语翻译官"APP 升级版。于是她用压岁钱买了一张猫岛会员证，每星期去那里学猫语，喂猫食，逗猫乐，唱猫歌，寻觅喵星人。艾喵唱着歌《学猫叫》：

> 我们一起学猫叫，
>
> 一起喵喵喵喵喵。
>
> 在你面前撒个娇，

哎呦喵喵喵喵喵。

我的心脏怦怦跳，

迷恋上你的坏笑。

你不说爱我我就喵喵喵。

············

　　她唱着跳着进了猫岛，那里随处可见诸多名贵猫的身影，慵懒的身姿，敏捷的速度，她在上下左右全藏着猫的屋子与猫共舞。热情的猫岛店员会为她讲解名猫知识，送来精美诱人的美食。在这里就连吃饭时间猫也不会让你消停，不经意间你一抬头，发现不知什么时候它已轻悄悄地跳到你的餐桌上在嗅着你碗盘里的美味佳肴。艾喵兴奋地和它们嬉戏打闹，乐不可支。

　　可艾喵的考试越来越紧张，已经一个多月抽不出时间去和喵喵说话。

　　为就近上学，艾喵的家搬到了幸福社区。

　　春天的夜晚，艾喵在窗前台灯下学习，春风吹动着她的秀发，她听到连连几天从窗外传来婴儿般哭泣的声音，懂猫的她明白那是猫的叫声，她忍耐不住下楼寻猫去了。

　　艾喵叫唤"喵喵"，猫猫回应"喵喵"。可是只闻其声，未见猫咪呀。艾喵想起了猫岛店员的话，她用逗猫棒吸引它的注意力。只见一只身上有黑、橘、白三种颜色的猫跟了出来，晚上昏暗光线中猫眼在发亮，瞳孔放大像十五的月亮一样圆亮，它可以辨别动和静的物体。但是，在黑漆漆的夜晚，猫也必须借着声音、味道及灵敏度惊人的胡须来导航。

　　艾喵认识这只三色猫，而且是个猫小姐，因为绝大多数三色猫都是母猫。她亲切地叫它喵星人"三花"，她拿着逗猫棒跟三花玩耍起来，有意加大运动量让它玩累，它就没什么精力去叫唤了。

　　几个月以后的一天，知了在高高的树枝上"知了，知了"地鸣叫，好像在报告大家一个喜讯。原来艾喵上学去时，走在一楼楼道的转角处，发现了三只刚出生的小猫，它们被放在一个长方形的硬纸壳盒子里。艾喵看了高兴坏了，一只是虎头虎脑狸花猫，一只是圆不隆冬的橘猫，还有一只瘦骨嶙峋的黑猫。她给它们分别起了时髦的名字："狸花""肥橘""黑黑"。

放学回家时艾喵又花了几百元压岁钱给三只小猫买了一个豪华猫窝，既能避雨又能避暑的布房子。可是，当她还没有接近它们的时候，一只三色猫从楼道前的白色小轿车底下冲了出来。那不是那天夜里艾喵在楼下遇见的那只三花吗？它一定是三只小猫的妈妈！

三花发出咕咕声，艾喵知道那是猫咪用低沉的声音在威胁你和警告你，你已经惹恼它了。无奈艾喵只有走了。

第二天，艾喵买了袋羊奶粉和一个三寸长的奶瓶，用学校的直饮水调冲好后放学带回家，去给三只幼猫喂奶。肥橘睁眼张嘴开始能吃奶了，可狸花和黑黑连眼睛都没睁开。此时，三花又从隔壁楼房跑过来，围着艾喵转圈。它发出吼叫声，是猫咪常用来警告和威胁的一种声音。

第三天，当艾喵放学回家时，发现纸盒子的三只小猫死掉了一只，是黑黑。早已等在角落里的三花，冲着艾喵发出那划破天际，清澈、高亢又非常尖锐的叫声。这是喵星人受到了惊吓和恐慌时才会发出的叫声。

第四天，当艾喵放学回家时，发现那个硬纸壳盒子空了。喵星人肥橘和狸花都不见了。她看见三花发出吼叫声，那是猫咪通过更快速更爆破的方式将气流吐出，用来吓退敌人的。

从此，艾喵和三花都踏上了寻觅喵星人肥橘和狸花的旅程……

小白出逃记

当小主人发现时，小白已成为强者的口中食，面目全非归西了。

我是一只银狐仓鼠，全身雪白柔软，像个圆溜溜的白毛球。我鼻子下面的嘴巴特别小，而门牙特别长而尖利；可爱的我鼻子旁边的胡须是我的尺子，我把胡须对准洞口一伸，胡须进得去，我就进得去；我的眼睛纯黑，像绿豆大小闪闪发亮；我的四条小腿上的毛很短很少，都可以看见粉红色的皮肤了；我的小尾巴极其短小，不仔细看，还会以为是我屁股那里多长了一撮毛呢！我就像一只美丽的小银狐，要买我价格不便宜哦！

在天凉好个秋的好季节里，在车水马龙，人流如潮的街边的天桥下面，我被鼠贩子装在一个2尺见方充满木屑的马粪纸盒子里。我的超多伙伴都聚集在这里，有金狐、紫仓、布丁、奶茶、雪球、琥珀、金丝熊等18种。数不清有多少只，相互挤挤挨挨，滚来滚去，上蹿下跳。我抢完撒过来的果干，正要钻到木屑去慢慢享受。忽然被鼠贩子逮住，原来一个漂亮女孩看中我啦。我被装在一个垫有木屑，装有跑轮的由一根根铁丝做成的简易笼子里，被女孩买走了。

女孩成了我的小主人，我很小很弱，但我很白，她给我起名"小白"，看得出她十分喜爱我。

小主人特意把我放在她家光线柔和，不冷不热，环境优美的客厅里；为我买来了营养配比合理的鼠粮，补充维生素的水果干，还在笼子里装了一个饮水器。

小主人查阅了许多资料，得知我是生来就有门齿的小精灵。牙齿一生都会持续生长，若不给我咬硬的食物、苹果木、坚果之类磨牙，牙齿会过度生长阻塞口部，我就会活活饿死。

小主人果然买来苹果木，就像她纤细的小指头一般粗细；而在我看来如同参天古木，太难啃啦！不如啃笼子细细的铁丝过瘾。

我的小主人有时叫我"呼啦啦"。因为我喜欢跑转轮，我会用前爪紧紧地抓住转轮，然后爬上去，接着就开始飞快地跑起来，步伐十分轻松，速度快得惊人，能超过马；我跑的时候风太大了，总是眯着眼睛，身体会变成流线型。在夜深人静时发出"呼啦啦"的声响，我不停地畅快地朝前跑，边思考能跑到别处有更好玩好吃的地方去。

小主人嫌我"呼啦啦"地吵人，把我从铁笼子捉出放在她的手心上。我惊慌失措，我考虑她是要整治我吧？我自卫地误咬了一口小主人白嫩的手，她哎哟一叫，把我扔掉。气恼地说，你这没良心的，敢咬本公主。她妈妈发现了，吓得厉害，急忙联系打狂犬疫苗。幸亏我口下留情，才免除劫难。

虽然我对小主人无礼，但她仍对我以礼相待，关爱有加。

为了保持我天生的雪白靓丽和清洁卫生，小主人想给我洗澡。她查阅资料得知：仓鼠洗澡一定不能用水。正常情况下，给仓鼠洗澡建议去沙浴，沙浴用的盒子比仓鼠大一点就可以。仓鼠会自己在里面打滚，主人要把沙子不断地扬起，扬到仓鼠的后背……

小主人一丝不苟地照办。她乘车跑到很远很远的地方，买来超大包浴沙和萌萌哒的盆子。回家来赶忙把我放进可爱的浴沙盆子，若不是小主人帮我洗澡，我哪有那闲工夫，有空不如去跑转轮带劲。

趁小主人上学去时，我使劲啃笼子的细铁丝，没几天工夫铁丝被啃断啦。我就把身体挤成流线型，钻了出去……

哇！外面的世界太大啦！我如同"久在樊笼里，复得返自然"。我猛地跑起来，像跑转轮那样，可就是快不起来，简直就是爬行。忽然，我爬到了小主人的漂亮的椭圆形的茶几下面，发现了香脆的葵瓜子，还有豆子、水果，哇！都是我喜欢的。瓜子是我的最爱，我嗑瓜子的技术人类是不能比拟的，几分钟我就把无数颗完整的瓜子仁藏在了我的颊囊里，完整的壳子扔在了一边。为了饱备饥粮，我继续寻觅美味。我有幸又爬到了小主人的橱柜下面，发现了我祖先的最爱，它们是红的南瓜、黄的卷心菜、绿的莴笋之类，我每样采撷了一点，把腮帮子塞得鼓鼓的，够我慢慢享用了。下一步我就有足够的精力去探险了，我打算闯到我祖先栖息的荒漠地带去放飞心情，开拓生活。

小主人一大早急着上学去了，拜托妈妈给饮水器加纯净水。一打开笼子，方寸之地被翻了个底朝天之后，妈妈惊恐万状，开始了缉拿小鼠的游击战，一个宛如白色的乒乓球满屋滚动。妈妈扑向东，白球溜到西；妈妈跑向南，白球窜到北。妈妈急得满头大汗，想起女儿说的该小鼠是领地意识极强的独行侠，怕是到处祸害或不知死到哪里去了呀？！

小主人回家笑嘻嘻地不以为然。小白果真出现在她的视线，纯黑的两眼滴溜溜望着她，优哉游哉地四个粉色的小爪子沿着墙边一步步爬来。她趁机敏捷地伸手一把就逮住了它，发现它上火了。

为了小白无忧无虑地生活，小主人向妈妈讨钱，为它买了昂贵的双层亚克力快乐屋，屋里配有弧形楼梯，休闲秋千，水晶冰床，应有尽有。还特意买回一只布丁和一只奶茶和它做伴，并把这三个爱独居的精灵宝贝楼上楼下，用晶莹剔透的小门分割开来。

可是，意外的事情发生了。善于挖掘洞穴的小鼠们，把隔离门刨

开了，因为争抢食物、领地、玩具，它们碰触到一起引发战争，互相撕咬起来。布丁和奶茶在战斗值上相当，彼此维持着和平共处的"假和谐"，它俩强者向体质虚弱生病的小白发起了攻击。

　　当小主人发现时，小白已成为强者的口中食，面目全非归西了。

借 条

一天，我去电本意是想询问薄老师近来可好。可让我十分意外的是：您拨打的电话已停机。我懊恼、气愤、疑惑。又不记得她家确切住哪里，我发誓踏破铁鞋也要找到她。

当我打开我的珠宝首饰抽屉时，发现在一个放手镯的精致红色方盒里，有一张叠得整整齐齐的纸条。打开一看，上面写着：

借条

今借到郝园满妈妈人民币叁万元整 <30000>

此据

2010 年 5 月 13 日薄爱珍

借条是薄爱珍写的，不规范。连我女儿的名字郝圆满的圆也写成了园，但不管怎么说它也是一张借条。

那是五年前的事了，那年我女儿读小学三年级。一天，薄爱珍凑近我很小声很神秘地对着我的耳朵说："圆满妈妈，想和你借点钱！儿子结婚，房子装修，缺钱。"

我问借多少。她回答："三万元吧。"

我没有犹豫答应了。一是因为薄爱珍是我们单位幼儿园退休教师，更重要的原因是我女儿从小学一年级起就在她家吃"小饭桌"，没少得到她的关照，而且还要继续在她家吃"小饭桌"。

薄爱珍退休后，她和她的妹妹、妹夫及老伴一起开办了这个"小饭桌"。中餐和晚餐时接家里没法管饭的小学生到她家用餐。

我把三万元钱存在一张银行卡上送给了薄爱珍，从那以后，她们家人对我女儿格外关照，每天都亲自把圆满接到她们家做作业、吃饭，只等到天黑我下班都忙完了才去把女儿接回家。

一年后，薄爱珍家房屋拆迁，搬到离我家较远的一个三层楼的私房，有许多事情只能打电话说。一天傍晚，我打电话告诉薄爱珍，圆满要去学画画，就不在她家吃晚饭了。薄爱珍接听电话时，我听见她老伴在一旁紧张地问："是不是人家催还钱的？是写了借条的，这钱迟早是要还的。"

从此她老伴就害了心病。

时光飞快，一年又过去了。"小饭桌"随着薄爱珍的妹妹搬到了另一个小区去了，那里离我家就更远了，步行需要半个多小时，且是高楼，还没有电梯，我女儿再不可能去那个"小饭桌"了。

此时，圆满已经读五年级了。我也要为女儿上中学规划就近的学区房，急着筹集资金了。

薄爱珍却回电话说她添了孙子，用钱地方更多了，凑不齐还款。等圆满上初中时一定还清，反正有借条为证的。

我耳边想起了老公的话：把钱借给穷人是收不回的。

寒来暑往，圆满告别了小学的童年时光，又和新同学一起度过了一年的初中岁月。

女儿还时常回忆起慈祥的薄老师和"小饭桌"一起就餐的朋友们。

一天，我去电本意是想询问薄老师近来可好。可让我十分意外的是：您拨打的电话已停机。我懊恼、气愤、疑惑。又不记得她家确切住哪里，我发誓踏破铁鞋也要找到她。

又一个寒冷冬天的早上,很巧,我老公在路上碰到正要去买菜的薄爱珍。她主动惊慌地对我老公说:"圆满爸爸,对不起,那钱我一时还不上。"又说:"我家老伴突然脑梗,没抢救过来……不争气的儿子还蹲在戒毒所,丢下我这个孤老婆子。唉,日子难熬啊!"我老公惊愕万分,听不下去了。

放寒假了,女儿碰见了她小学时的同学小鱼和大美。她们都是幼儿园时的兜兜朋友,都熟知薄老师。

她们路过薄老师原来"小饭桌"的地方,小鱼和大美异口同声地说:"薄老师家的饭菜真好吃呀!"圆满说:"是呀,我长大后妈妈还说,小鱼是单亲家庭,大美妈生了小弟弟之后,又得了肾炎,日子都很难,但也把孩子送到'小饭桌'去了,天下父母心无论贫富都是一样的。"

圆满话毕,小鱼和大美都说:"薄老师得知我们情况后,她把我们这样的穷孩子收留在她家吃小饭桌不收钱。"

圆满到家把此事讲给我听,我惊讶万分,泪水盈满眼眶,这么一个善良的人,我还能让她还那三万元钱吗?

我决定找出那张借条毁掉。可是,借条怎么也找不到了。

后来老公告诉我,借条在那天路上碰到正要去买菜的薄爱珍后,回来他就撕掉了。

福利院里的歌声

从死神手里夺回来的雁，看见了父母，认了出来，兴奋得又一跳三尺高，手舞足蹈起来。他哦哟哦哟地大笑着，露出缺损了的门牙。

雁的家长接到 W 市福利院打来的紧急电话，说雁发生了意外。

雁的父母自驾车，以最快速度赶到福利院。原来儿子在福利院后突发癫痫病，多次亏得有医护人员和同伴病友的关照，才转危为安。

遵医嘱，雁每天都是要服用癫痫病药物的，由护士在饭前喂给他吞服，后来有人反映他的床角下出现不少药片。

这次，护士说，由于近来他发病特别频繁，今晚他突然倒地，旁人没抓住他。他的头碰在一块尖石头上，头撞得鲜血直流，门牙摔掉了两颗，当时不省人事。

父母见到雁时，他正在急诊抢救室的医用转运床上躺着，一动不动，用纱布包扎的渗着殷红的血的头上罩上了网子，医生正在全力抢救。

母亲的心紧缩到嗓子眼。此时再看不到儿子不停地手舞足蹈，猛然地上蹿下跳，不断地挥舞双臂。

护士看见雁的妈妈急躁不安地来回走动，听见雁爸爸对雁妈妈吼道，她怎么敢把伢送到这个鬼地方，要把人搞死。早知如此，还不如听家人的话，把他丢到深山老林，让好心人捡去。雁妈妈委屈、后悔、悲凉之感撞击心房，泪如泉涌。

护士跑过来安慰雁妈妈，搀扶着招呼她坐下。她泪眼涟涟地望着护士，往事涌现脑海，历历在目。

去年的今天，也是一个周五，不到 16 岁的儿子雁，因为上不了学，一人在家出现毁物和自伤现象，情况十分紧急和危险……雁妈妈极度焦虑和惊恐，她立刻向单位请假，带着儿子外出四处求救。在去往儿童福利院的路上，遇见市第二福利院的郝科长，她主动收留了雁，决定把他收养在她工作过 30 年的她无比热爱的福利院。雁妈妈心想，真是柳暗花明又一村哪！她心里谢天谢地谢贵人！

护士疑惑不解地看着她那张美丽而又忧虑的脸。雁妈妈拿出儿子的照片，照片上是一个浓眉大眼、五官端正，个头高大且看起来毫无缺陷的英俊少年。护士赞赏道，他长得和影视演员一模一样。

一个患者的家属插话，这种孩子长得都漂亮，没有愚型，很容易迷惑不知情的人呐。

听郝院长说，那时她还不是院长时领进来一个十分体面可爱的男孩，还会学唱流行歌曲呐。

这时，医生吩咐护士查看病历和历史记录，对雁有如下文字记载：

雁上不了学，被锁在家，自闭行为越来越严重。他拒绝吃饭，烦躁不安，毁物自伤。例如，他把家里玄关大玻璃捶垮，把电视机遥控掰成两半……把自己的手抓破流血。

这种病例被视为心智性的癌症，世界上尚无治愈的办法，且诱发原因不明。只能及早地干预和训练，可考虑把孩子送到精神病院还是福利院去。

当时，雁的父母眼前一片黑，感觉天都塌了。

现在，正当柳暗花明，一线光明在前时，却落得命都难保啊！

忽听有人喊，郝院长——郝星回来啦！她领奖回来啦！

郝星笑容可掬地把手中捧回来的那座奖杯高高举起给大家看。

人们在传颂着郝星荣誉背后的故事。

郝星 4 岁时母亲离家，10 岁时父亲殉职，儿子 1 岁时因高烧导致智力障碍，郝星几乎遇上了所有的不幸。但她将这些不幸埋进心里，再用热情去温暖那些不幸的孩子。雁就是她护理过的特殊病人之一。她先后精心护理 200 多位老人走完人生最后的旅程，也由一名普通的护理员成长为一名优秀的护理科主任。

郝院长得知她亲自收进来的漂亮的雁受重伤抢救还未醒过来之事，很是内疚，心情十分沉重。她说，她不是神，有些事情不能瞎吹的，她有责任呀！

旅途劳顿，开会领奖归来，她连坐都没坐着休息一下，气都没歇一口，就去做家属的安抚工作。雁妈妈一眼便认出了短发圆脸，慈眉善目，充满活力的郝院长。激动的泪水，期待的眼神，不用言语表达，对方都已经读懂了。郝院长紧急召开管理及护理人员会议，把此事放在议事日程上，火速解决。

…………

一个月以后，当雁的父母再次驱车来到福利院看望儿子的时候，这幢院落已经搬到了翠竹环抱、绿草如茵的度假山庄了。

正值午饭时间，原来那些挂着拐杖的、七零八落地散坐在院子里的老人，含着指头、流着涎液的痴呆的汉子，口中嗷嗷地咕噜着，眼睛直勾勾地望着来访者的痴、呆、傻、残的人，现在个个都穿着统一整齐的三无衣物，规规矩矩排着长队，在护士的指挥下，开饭前统一吃药。护士给每个人发送各自该吃的药物后，命令大家用温的白开水一起吞服；然后就要求大家一起唱首歌，第一首歌唱的是《世上只有妈妈好》，第二首《没有共产党就没有新中国》，第三首《唱支山歌给党听》《让世界充满爱》《怒放的生命》等，一共唱了八首歌。在场的家属和雁的父母都感到群情振奋。雁妈妈激动的心情早就按捺不住啦，爱唱歌的她也跟着调子哼了起来。

后来得知福利院在病人吃完药后，规定必须唱歌是为了防止那些不愿意或不会服药的人把药物吐掉了而采取的措施。

雁妈妈联想到有人包括自己的儿子的床脚下的许多药片是怎么回事啦。

从死神手里夺回来的雁，看见了父母，认了出来，兴奋得又一跳三尺高，手舞足蹈起来。他哦哟哦哟地大笑着，露出缺损了的门牙。

从此，儿子服药到位，病情得到了很好的控制，雁的父母再没接到福利院打来的儿子发病的意外电话了。

大　义

迎面开来一辆东风大卡车，说时迟，那时快。因避让不及，翠柳娘儿俩倏地被甩落到几米远的泥地里了，三轮车发生侧翻，丈夫当即不省人事。

翠柳两岁时就没了妈妈。那年四月清明时节，阴雨绵绵，淹没田野。妈就撇下她，一个人到村头稻田旁的小土堆里去待着了。留在坟外头的她，幼小的年纪就担起了照看弟妹，种田养家的担子。

前年她爸也驾鹤西去了。按照妈的遗愿，爸妈合墓。

在红砖水泥砌成的墓碑旁，翠柳和女儿小翠种下了老人喜欢的栀子花、黄白玫瑰和菊花。墓地附近是青枝绿叶，郁郁葱葱的桑树。祭奠亲人，哀思久长。

小翠发现碑上缺外婆的相片，就问，翠柳却说她从不记得外婆长得什么样子，连张照片也没有。旁边的村里人就说妈和外婆长得一模一样，白净俊俏。

今年清明时节，也是阴雨绵绵，淹没田野。翠柳带着女儿小翠和丈夫一起去给爸妈扫墓。

小翠爸骑着三轮车，她们娘俩一起坐在后排。雨渐渐停了，小翠老远看见硕大叶子的绿油油的桑树。

小翠顶着大风点燃香烛，翠柳为爸烧了一座房屋，丈夫把一叠叠纸钱焚烧干净……

返回的路上，一家人高高兴兴准备开往镇上购买小翠上县高中的用品。忽地，狂风呼啸起来，大雨倾泻下来，道路泥泞打滑，视线模糊不清。迎面开来一辆东风大卡车，说时迟，那时快。因避让不及，翠柳娘儿俩倏地被甩落到几米远的泥地里了，三轮车发生侧翻，丈夫当即不省人事。三人被送往医院抢救。

几天以后，翠柳家的顶梁柱再没有睁开眼睛，丢下她到极乐世界去了。痛失丈夫的翠柳感觉天都塌了。

翠柳想，不能让丈夫就这样不明不白地走了。她将东风车主牛壮告上法庭。县法院依法判决牛壮赔偿各项损失 50 万元，除已支付的医药费外，余款还有 47 万余元。判决生效后，牛壮迟迟未履行赔付义务。

翠柳对记者说，治疗费是向哥姐借的，做房子也欠下了债。丈夫走了，她哪里去找生活来源啊！她卖了家里的猪、牛、鸡，甚至做起了家政，挣点生活费，日子过得十分拮据。

翠柳不得不向法院申请强制执行赔偿款。

S 县人民法院执行干警第一时间对牛壮的财产进行清查，发现牛壮没有可供执行的财产。牛壮家中确实困难：其妻十年前去世，家里两个儿子，一个患癫痫病，经常犯病倒地；一个自闭症，无思维和语言能力。

翠柳陷入痛苦抉择：要是能拿到赔偿款，可以还清债务，自己晚年生活多些保障；可是，如果继续索赔，无疑使牛壮原本困难的家庭雪上加霜。

她知道，牛壮是邻村人，儿子牛牛出生的时候浓眉大眼，逗人喜爱，那天还带了小翠去吃了红蛋。小翠说，一次牛牛弟弟犯病时，她路过他们村发现，给他嘴里塞了些稻草，要不小命都保不住啦！

在小翠的支持下，翠柳毅然决定，放弃 50 万元的赔偿款。在法院干警主持下，该案顺利执结。

"我决定主动放弃赔偿款时，不少亲戚朋友都说我傻。"接受记者采访时，翠柳平静地说，"说实话，我家里确实非常需要这笔钱，但我又想，女儿健康年轻，可以靠自己的努力改善生活。反而是牛壮一家人更困难，更需要钱。女儿决定放弃县重点高中资格，到城里学艺挣钱，补贴家用。"

某天，S县人民法院将双方请到一起，一场车祸索赔案的被告方牛壮和原告方翠柳四手紧握，执行法官将一条崭新的印有"深明大义、友善待人"的缎面丝巾披在了翠柳的身上，表达对她的崇敬之情，并特为她发放了一笔司法救助金。

几年以后，又是一个春雨潇潇的清明节。小翠学艺归来，还清了债务。翠柳在丈夫墓碑前献上了那条缎面丝巾……

梅兰劫

兰则生在炎热的夏季，体质弱，长得丑，天天夜里哭闹不停。父母给起了个惹人喜爱的吉祥名字兰，盼她长成花中君子。

梅出生那天是冬日，父母叫她"梅"，让她不畏严寒，有梅花一样的傲骨。

梅天生丽质，柳眉，大大的乌黑的杏眼，清澈明亮，一见便是冰雪聪明的，是父母的骄傲。

兰则生在炎热的夏季，体质弱，长得丑，天天夜里哭闹不停。父母给起了个惹人喜爱的吉祥名字兰，盼她长成花中君子。

冬去春来，草长莺飞，沐浴在阳光雨露下的姐妹俩，像小树苗一样成长起来了。姐姐越大越美丽聪慧，心灵手巧，性格谦让善良；妹妹也出落成鹅蛋脸，大眼睛，肤色白皙，性格却刁蛮霸强。

梅练得一笔优美的美术字，绣得一手漂亮的花。眼睛好得像鹰眼似的，直直的腿跑起步来跟飞似的，登台讲故事惟妙惟肖，是学校的团支部宣传委员。就是不会讨妈妈喜欢，直爽倔强，经常挨打，妈妈猜测她命不好；兰向姐姐学，写得一手龙飞凤舞的毛笔字，能画一幅幅连环画，舞还跳得好，从小到大，是红领巾大队长和班长。

梅背起了行李上山下乡，决定和农民同吃同住同劳动。临走梅送给兰一个猫咪滚绣球的枕套，兰看了又看，摸了又摸，说："姐，你绣的猫像活的一样，我天天可以和这只憨态的白猫睡在一起了，我喜欢！"

一天，那个矮个子黑脸的农村队长瞅见白净俊俏的梅，动了心思。说，像梅这样纤细柔嫩的手只适合握笔杆子，怎忍心让她天天拿锄头，面朝黄土背朝天，风吹日晒呢！于是梅干起了大队文书，和队长接触的机会多了。

风言风语不胫而走，传闻在一个月明星稀的夜晚，梅和队长坐在谷堆上谈情说爱，亲吻……不堪入耳。队长老婆寻死觅活，谩骂道："闺女家家的，真不要脸……"

钟情于梅的一个长得像贾宝玉似的憨厚小伙子，对梅产生了误解与偏见，一时不能谅解她，这使梅十分痛苦。

听到传言，特爱面子的梅妈妈，不知实情，便也对梅横加指责。幸而在那个金秋十月传来喜讯，恢复高考制度。梅没日没夜，忙里偷闲，努力备考，终于如愿以偿地走进了高等学府的大门，也就在那一年，兰以优异的成绩考上了重点高中。

三伏酷暑天，当别人都摇着芭蕉扇在庭院乘凉，兰和闺蜜一起在操场散步，数着天上的星星的时候，梅却一个人闷在屋里啃着数学题，满腿热成的痱子抓烂了，还不放弃钻研……

梅的班上一个篮球主力，一米八几个子的男生，被梅的刻苦精神打动了，主动帮她攻克难题、买饭、打水。天长日久，梅不知不觉陷入了爱河，主动向他投去的情诗却被公开拒绝；而此时，妈妈偷看了梅的信，是班上另一个男生写给她的情书，妈妈嫌他丑陋穷酸，狠骂了女儿，并坚决阻止她们交往。梅心情忧郁，学习一落千丈，日久生疾，她被劝退学了。此时梅还不知道，那个"贾宝玉"得知梅是为了回城才委曲求全的，已经原谅了她。兰明白事情的严重性，她劝慰姐："你一定不能荒废学业，在家订好学习计划。"

一天又一天，一年又一年，爱面子的梅妈妈觉得没脸见人，整天

本

对梅训斥责难，冷嘲热讽，喋喋不休，渐渐地梅患上了严重的抑郁症，一蹶不振了。

终于有一天，梅带着遗憾，带着幽怨，带着梦想到天堂去了。

兰以泪洗面，心如刀绞。她声嘶力竭地哭喊着："姐，我没有照顾好你，我要你回来！"

秋风吹拂，哗哗啦如泣如诉！

梅万万没想到妹妹也会是这般的命运多舛！

兰的儿子生来就漂亮，浓眉大眼，人见人爱。兰却不知道灾难在悄悄降临！

儿子六岁时，兰带着他千里迢迢去北京进行诊疗。

儿子的目光一直不和医生对视，连自己叫什么名字都答不上来，嘴里不停地乱叫着，手乱舞动……医生判定："这个孩患了自闭症，因为他行为刻板，目光呆滞，无语言表达，无法沟通交流啊！"

医生的结论："太晚了，孩子过了黄金干预治疗期，属于心智性的癌症"。医生的话像铁锤猛砸兰的脑袋。她和丈夫都呆傻了："孩子这样岂不是废了？！我们家的天塌了！"兰眼前一片黑。

幼儿园不收留他。他的自闭症越来越严重，一人在家砸玻璃门，毁物自伤，拒绝吃饭……

不久，兰的丈夫和她离婚了。兰百无聊赖，精神崩溃，目光呆滞，像祥林嫂一样整天重复一句话："我们家的天塌了！"

一天，她忽然想到在稀饭里放药，要和儿子一起同归于尽。当儿子正要去喝那碗毒稀饭的时候，兰却下意识地打翻了碗，稀饭烫到了儿子的手，他大哭起来，兰猛地弹起，如梦初醒，紧抱儿子，痛哭流涕。儿子却不知发生了什么事，手臂依然乱晃，嘴里依然哦哟哦哟乱叫。

那天，一篇"聪聪"和拉布拉多犬的报道文章，使兰看到了一线希望。她突然想起住宅小区的那条狗，一双一灰一蓝不同颜色的眼睛。

儿子扔进粪坑的书包，就是这条狗拾回来的。

从此，她也叫这条狗聪聪，儿子由原来极怕狗变得喜欢聪聪了，成了好朋友，聪聪把儿子当成了小主人。

于是她策划要办个培训机构叫"顶起一片天"，把小区各种有灵性的犬集合起来，和自闭症的孩子进行交流和互动，使得那些只能活在自己的世界里的"星星的孩子"走出"自闭的天空"。

从此，兰天天迈着希望的步伐去"顶起一片天"。

关东情

　　一下车，放眼望去，哈站也真够大的，人海茫茫，大钟下尽是红旗，哪里有"关东情"？正在我们焦急观望的时候，女儿挽起我边跑边说："是那个大姐姐吧？"

　　一阵阵哗啦啦的水声和清脆的鸟叫声的音乐手机闹钟铃声响起，我随着这美妙的乐曲在四层楼的豪华游轮的 KTV 包房里拿着麦克风正陶醉地唱着《传奇》……大船的游泳池里，女儿穿着她喜欢的粉色的泳衣惊奇地和一条神奇的鱼在说话、玩耍……窗外有几只水鸟在空中盘旋飞翔，好惬意啊！游船在水里走，船尾溅起朵朵浪花，远望去水面像平滑的明镜一般，这就是镜泊湖吧！

　　又一阵手机铃声响起，终于把我从梦中惊醒，怎么这么吵，我还要接着做梦呢。手机不断响起，我极不情愿地双手撑着坐了起来，伸长了手拿起放在茶几上的手机，铃声又停了，我打开翻盖一看，六点三十五分，哎呀！完了，完了。今天要到镜泊湖去旅游，跟团走，钱都交给旅行社了。规定六点半在车站集合，现在我们还没起床，衣服都还没穿好，这次的旅游肯定泡汤了。我急忙下床，走到女儿床边，摇摇她的肩把她叫醒："云琳，云琳，快起来，我们迟到了，去不了了。""你怎么定的闹钟？"女儿眼睛还没有睁开说，"是定的五点半呀。""你自己看，看看，"我抓着她的胳膊，把她掀了起来，她睁开眼睛，拿着手机按了几个键说："我忘改时间了，还是原来定的六点半。"

怎么办啦？我们不知所措，我眼睛直盯着手机，赶快回拨过去吧。正在这时手机又响了，我们俩都抢着去接听，我听见了带着卷舌的东北口音："您好！我是你的送团导游金欣，这会儿还没见着你们，一直在给您打电话，联系不上，等不了了，游客已经出发了。这么着吧，你们从宾馆打的士五六站地，八点钟在哈站大钟下见面，见'关东情'红底黄字导游旗！我等你们，带上吃的。"

金导游的话给我们带来了意外的惊喜，我和女儿高兴地搂在一起在房间里跳了起来。来不及怎么梳理打扮，急忙套上薄薄的夏装，背起简单的行装，拎起事先准备好的女儿爱吃的东西，关上宾馆房间的门，我们出发了。

八月炎热的夏天，在哈市的早晨轻轻的微风拂面，异常凉爽。从火炉武汉千里迢迢来到这里避暑游玩，感受出行走路不流汗的感觉，真好！站在哈市宽阔的大街旁，觉得天那么空旷高远，蓝蓝的一望无际。

街上的出租车不少，就是没见空车，女儿伸长了手臂上下摇晃。终于有一辆载客的的士在我们身边停下了，"去哪？"穿着制服的司机问。"去哈站。"我答。"顺道，我把你们拉上。"女儿迫不及待地钻进了车，我想，管他拼不拼车，赶时间要紧。迎着初升的阳光，伴着万里无云的蓝天，小车畅通无阻地前行，我又感到意外的惊喜！

不一会，熟悉的铃声又响了，"阿姨，你们到哪了？""我也不知道啊，第一次来这个城市。"司机抢着说："一大早不塞车，能赶上趟，放心吧！"

一下车，放眼望去，哈站也真够大的，人海茫茫，大钟下尽是红旗，哪里有"关东情"？正在我们焦急观望的时候，女儿挽起我边跑边说：

"是那个大姐姐吧？"顺着云琳指的方向望去，只见一个身材高挑、扎着马尾辫的年轻人，正高高地举着旗子在飘。是它，我们的导游旗。当我们近距离看到我们的金导游时，她是一副朝气蓬勃、温文尔雅的样子，而微黑泛红的脸上掩盖不住风吹日晒的痕迹。她掏了掏口袋，拿出一个信封，递到我的手上说："阿姨，里面有火车票，作废了，还有车票费，退给您。"这怎么可能，我感到好意外呀，我把信封往她那里塞说："不用了，不用了，这不是你的责任，今天我们误点了，也是一个意外。金导啊，你还没吃早饭吧？把这钱拿去好好吃一餐吧！""不行啊，阿姨，我们公司有规定，我帮你们重新买了票，我还要赶回去。"

我们要赶上今天去镜泊湖的旅游团队，火车是没有了，只有改乘九点钟的大巴士了。买票的人真多，开了好几个窗口，排老长老长的队。金导建议我们三人一人排一个队，看哪儿快就在哪儿买。眼看九点的票就要卖完了。突然，听见金欣在喊："阿姨，请您过来。"我有些疑惑，她也正扒开人流，钻了出来。"有票了。"她身后跟着一个矮胖的中年男子，"他要退票，豪华大巴，九点的，到牡丹江，我们直接买他的退票，多加十元钱。"呀！天上掉馅饼了，又是一个意外的惊喜。大巴士要比硬座火车快一两个小时，正好能赶上团队。

随着熙熙攘攘的人群，我们进站了。女儿早已急不可耐，翘首以盼了。"我们是几号快乐大巴，我们坐一起吗？"可是，有了票，就是许久没见车，金导急忙到票务去探听个明白。她走不久，队伍就开始移动了，车来了，但没见金导来。

上车了，车上方有很宽裕的位置放行装。坐在可调整的舒适柔软的航空椅上，我们很想和金导游说声："拜拜，谢谢！你辛苦了。"可再也见不到她的人影了，我们不免有些失落。汽车开动了，我给金导游发了一条信息："车出发了……"我也收到一条信息："你们上车了吗？"

望着窗外一掠而过的树影，想着今天发生的事情，我的心久久不能平静，眼前挥之不去的是随风飘扬的红底色导游旗上醒目的三个字"关东情"。

一瓶脉动

在楼下，只见社区铁栅栏门口，一个十来岁的男孩正推着一个坐轮椅的女人。

快到晌午了，知了在高高的梧桐树枝头"吱吱，吱吱"唱着，此起彼伏。听着这清脆嘹亮的鸣叫声就知道酷热难耐的三伏天到了。

谁愿站在外面社区大门口像洗桑拿似的流汗等人呢？女儿递给我一瓶脉动说："你喜欢喝的，4 元一瓶呢，你省着点喝。"然后就蹦跳着跑向同学们，约着一起游泳去了。

一个多小时前我电话联系过石师傅，他答应今天到我买的学区房安装灶台石材面板的。但是，他会不会来呢？我想，因为他说今天是他儿子的生日呀！

我焦急地翘首以望，一块小方巾已被汗水打得透湿。

过了一会儿，一辆三轮车打小街上驶来，车上拖着两块约 2 米长的黑石板，那像是我订购的女儿喜欢的花岗岩石材咧。费力地踩着脚踏的男人，用粗大的手抓起搭在他颈子上的旧毛巾擦着黝黑的脸，他在另一个院落前停下了。我喜不自禁，收起阳伞，快跑过去，果然是石师傅。我得知他惦记孩子他妈还没吃饭，急得找错了位置。

石师傅没多说什么，急急忙忙用青筋突出的粗糙的手抹去脸上的汗滴。听说我家住五楼，又无电梯，他默默地，背起一块光滑沉重的黑石板直奔门栋，军球鞋稳稳地踩着一级级阶梯，一步步不歇气地往上走，等到第二块大石板背到门口时，师傅已气喘吁吁，上气不接下气，有些筋疲力尽了，我看见他的鞋子也裂开了口。

"下午再来干吧，石师傅，都到中午了，我请你吃饭哪。"

"不用，我回去吃，馆子吃不起。"

"我给钱你打的士回去。"

"不用，的士太贵，我自己骑车。"

"那我去吃饭啦，你先歇会儿，等我来再开工，你要按我要求来做。"

"那你先不要吃饭，不放心就先看我做完再去。要么我做完把您房门一关我就走。"

我认为都不太合适，而且我今天早饭都没吃，到现在都快饿死渴死啦！

两人僵持起来，房屋内闷热的空气和沉闷的气氛仿佛那一刻世界都凝固了……

我灵机一动，突然想起女儿孝敬我的被我放进包里没来得及喝的那瓶脉动饮料。

"师傅，你看我好粗心，连一口水都没给你准备。"我说着就把那瓶脉动拿出递给了他。这次师傅一点都没有推辞，伸长了手接过饮料，放到了灶台上方的吊柜里。师傅的脸上绽开了笑容，一改之前的情绪，马上和颜悦色起来，笑眯眯地对我说："你先去吃饭吧，我等你回来再开工。"

师傅硬是拒绝我给他带饭，好像怕我扣他的工钱似的。

等我吃罢饭，看见吊柜上的那瓶脉动还一动没动地放在那里。他说怕电锯的巨响和飞扬的灰干扰我，先把石材都裁好了，只在技术方面有什么要求让我发话就行了。

对付这小刀划不留痕的硬质花岗岩石头，石师傅还真有两下子，不到半小时工夫，连开孔带打磨和拼接，石板放水槽菜盆的开孔口的长宽度精确得分毫不差，石板间、石板和墙面间的接缝完美无痕，石板的边沿棱角分明整齐光滑。

师傅一手拿着小铁铲子刮来刮去，一手拿块棉抹布，抹来抹去，嘴里边说着："用厨房的油抹布越抹越光，这种石材有耐自然性，光如镜面，千年永存的美名。"

石师傅的活做得太令人满意了，我仔细欣赏了一下台面，果真看见我的倩影晃来晃去，仔细观察发现有灰白色的不规则的好看的花纹。我高兴得差点喊出声："太漂亮啦！"

谢过石师傅之后，我叮嘱他去照顾家人吃饭。我也紧接着下楼出去接女儿。那瓶脉动出现在他的工具箱里，我看见是他临走时最先放进去的。

在楼下，只见社区铁栅栏门口，一个十来岁的男孩正推着一个坐轮椅的女人。

石师傅看见他们很惊喜，立刻小跑过去，快速准确地从一堆工具中拿出那瓶脉动，像宝贝似的紧紧地握在他的一只大手里，马上推到那男孩子面前，只见男孩摇摇手，把那瓶脉动打开，送给轮椅上的女人。女人又把脉动饮品喂到男孩口里，男孩喝了几口又递给石师傅喝。一瓶水三个人传来传去，喝得津津有味……

我尾随其后，发现石师傅在巷子口，拿出了刚才放到兜里的工钱，买了包子给轮椅女人。女人吃着包子，喝着脉动。男孩推着轮椅，三人说着笑着走着，他们的背影消失在街头的拐角处……

轻轻呼唤你的名字

一个母亲日夜痛哭、几次晕厥。那是英雄的母亲天天在呼唤你的名字："儿啊！人是好，没了！"

清晨，我收到一条短信："荣光为救落水小孩已经走了。"

接着我又接到电话："荣光为救落水少年牺牲，永远离开了我们。考虑到天气炎热，偏僻的村庄，路途艰辛，只派代表去参加葬礼……"

我不相信自己的耳目，不会的，不会的，你不会离去，你一定还活着。我翻出了当年的同学录，找到了你给我写下的箴言，看到了那有棱有角的字迹："天行健，君子以自强不息。地势坤，君子以厚德载物。"泪水扑簌簌地落到了你的名字上。

我一定要去，去送我的老同学同桌最后一程。

我不远千里，登上了早上第一班飞机。

望着茫茫云海，同窗往事涌上心头。

你是荣家唯一的儿子，是全家人的支柱，更是全家人的希望。

每次放假回家，你总要到同村 80 多岁的孤寡老人家里，打水、扫地、砍柴、换面……一直到老人去世。

你常常一个人走十几里的山路回家，只为节省几块钱车费，却经常接济有困难的同学。有一次你将几十元饭卡借了出去，自己却没了吃饭的钱。

大三那年，你光荣入党，成为那届学生中第一批党员；毕业后，你放弃了高校教师的职位,放弃了外企高薪的工作,毅然决然走进警营,义无反顾地坚守在祖国大陆最南端。

下葬这天,天阴沉沉的,乌云密布。上天也仿佛释出悲悯,雷声如炮,电光如焰,啸风如诉,急雨如泪。

荣光的墓址,选在了西北岗上的家族墓地,十数米处就葬着最疼爱他的爷爷奶奶。人们说这是英雄的墓地。

众亲友戴孝扶棺为荣光送行,百余人的村庄全村出动。大学的领导、老师,北方的老战友,南方的同学都马不停蹄地赶来了,为的都是能最后看荣光一眼,给英雄献花……

被救少年和他的父亲惊魂未定,害怕看村头的河水。"要是没有荣光,我儿子早就没命了,他是荣光拿生命换来的。"少年的父亲说,"我们全家要感谢荣光一辈子。"

"我在水中扑腾了很久,喝了很多水,感觉身体越来越重,便死死抓住荣光哥哥的肩膀,他抱住我使劲往岸边推,却很难划动。"少年回忆说,"荣光哥哥喘着粗气,头顶着我的后背。后来他也没力气了,就用尽最后一点力气把我推到了岸边。"

"我看见荣光哥哥离岸边越来越远,整个人很快沉下去了,水面上只剩下一片水泡。"另一名被救少年说,"我大声哭着喊'大哥哥,大哥哥快上来',但是他很快就没了人影。"

荣光,这个瘦削的青年在河下游近百米处被捞起,紧急送往医院抢救,因溺水时间太长,他还是永远停止了呼吸。

一个母亲日夜痛哭、几次晕厥。那是英雄的母亲天天在呼唤你的名字:

"儿啊!人是好,没了!"

"儿啊!人是好,没了!"

英雄的妻子以泪洗面,一连几天水米未进,婆媳双双靠打点滴勉强维持。

英雄的父亲咬牙支撑着，勉强打起精神操持儿子的后事，夜深人静时，已过七旬的他禁不住抚棺痛哭。

我知道你的儿子只有两岁，还不懂事，他眼中的爸爸只不过睡着了。那天最后一次，小家伙被抱着看水晶棺中的遗体，他竟用手拍拍爸爸的脸，稚嫩地呼唤："醒醒，爸爸；醒醒，爸爸。"

一圈儿人都哭了……我抱起小家伙，亲了亲他红扑扑的脸蛋。他瞪大晶亮的眼睛看着我问道："你是谁？"我说："我是阿姨，我是你爸爸的好朋友，阿姨还会来看宝宝的。"

大家走一路，哭一路。

大人带着孩子，青年搀着老人，男人扶着女人，从家里一直哭到坟地，又哭到葬礼结束。

英雄墓前，一束束洁白的百合花，诉说着大爱无疆的感人故事。

英雄救人舍生忘死的事迹，不断被人们所传颂、纪念和追忆……

流年似水，小家伙渐渐长大了，懂事了，知道爸爸是一个为救落水小孩而牺牲的英雄。又是一年雨纷纷的清明时节，我来为老同学扫墓，我领上了小家伙给他爸爸烧纸磕头，我给英雄墓前献上了一捧他生前喜欢的白菊花。小家伙又瞪大晶亮的眼睛看着我，问道："阿姨，我能叫你妈妈吗？听说我妈妈走了，到很远很远的地方回不来啦……"

濯清涟而不妖

明回到家中，已是深夜。她想欣赏礼品，便打开层层包装的荷花明信片盒子，一看，把她惊呆了！里面露出厚厚一沓新版百元大钞。

"你一人开私家车，跑三个小时高速，到那么偏远的地方，那太危险啦！我好不放心呀，起码要找一个人陪着。"

"别人局里请我去评标的，是说要派车来接，我拒绝了；又不是去旅游，谁陪我？今天你休息，还是你乖乖陪我去吧！"

一清早，明技术员就和她未婚夫董工调侃起来。

明技术员听说董工要去勘察评审一个荷花塘生态园工程，很是高兴和激动。既能沿途陪伴，还能欣赏一下荷塘秋色，心里踏实惬意，何乐而不为呀！她想。

"你很喜爱荷花？"董工望着明荷花般粉色的脸问道。

"我的小名叫荷花妹呀，你不知道吧？以后我带你去我的家乡——莲花县，让你感受那种温和气候，充足光照和幽美环境。只有这种仙境才能生长出像桃花扇、金太阳、雪翠莲、凤玉、翠柳、红云等等多达 350 个荷花品种呐。"

"你怎么知道那么多？"

"我们家就是承包水塘种莲子的，房前屋后的荷塘里都种满了荷花。"

"怎么没听你说过？"

"今天你不就知道了吗。"

…………

说着聊着，不觉快到了目的地。远处的大片荷花塘掩映在层林尽染、叠翠流金的树丛中。忽而车窗外绵绵秋雨飘落下来。

董工说："秋天来了，荷塘的叶子又枯萎了。古人李商隐有诗云，'秋阴不散霜飞晚，留得残荷听雨声'。"

车在荷花塘边立着的"出淤泥而不染，濯清涟而不妖"的牌子处停下。

董工说："明，下车吧。记住那诗句！"

两人牵手走过荷塘，停下匆匆脚步，与荷塘零距离接触，欣赏季节变化的动漫韵律；静观荷塘色变，经春历夏秋来临。

明说："秋风扫落叶过后，荷塘不再丰腴无比。垂头丧气的荷茎，跨越'留得残荷听雨声'的凄美时光，满怀对世界的眷恋。"

"是啊，似在频频挥手，似在依依惜别，也许正在心底长久思考着如何珍惜生命的古今话题。"董工感叹道，"荷塘变化，兴衰枯荣，季节轮回，洒向人间总是情……"

正在此时，公司老总和助理小刚迎了出来，热情握手寒暄。老总盯住明那荷花般粉色的脸眼睛发亮，紧紧握住她的手好久没有放开。

评审会就要开始啦。小刚指引董工在摆有台签的评审专家席位上坐下。董工得意地说："明技术员是很优秀的晒图员，她可以审图的。"

公司老总和小刚在一旁挤眉弄眼地耳语了几句。过了一会儿，小刚泡了一杯山区云雾茶，毕恭毕敬地递到明的手上，并带她到会议桌后排的豪华靠椅上就座。小刚轻声对明说："您可以听会，审图……有什么要求尽管提。"

会议开始了，明听见工程项目业务人员汇报：

……荷花属于多年生水生植物，一次种植即可年年生叶开花，由于荷花枝叶及根系非常发达，并能吸收水中的氮元素、氯元素等化学元素及生物养分，是不可多得的天然水质净化器，能净化水质祛除异味，能使湿地公园、河道、人工湖等地污水治理净化美化。

荷花、睡莲、莲藕种植作为经济的原生态水治理方法必将得到更多人的认可，绿化、净化两不误，是当前水质改善及新农村水体绿化不可多得的重要选择；施工期间，池塘清淤受雨季排洪、水库等不稳定的因素影响，清淤范围、工程量、淤泥含水量都较大。面对本池塘施工难度，我们将统一部署，有序展开……

明技术员听着，联想起她家种的大片"出淤泥而不染"的池塘莲子，还有"濯清涟而不妖"的朵朵白莲。

不一会儿，小刚进来给明换了一杯莲叶茶，低首微笑介绍："这茶是我公司研发的产品，有清火瘦身的功效；若您想透透空气，您可到我们的莲花博览园，那里可以看到我公司研发的诸多产品；如果您累了，我公司给您安排了莲花岛御景园休闲山庄里的 VIP 房间。"

休会期间，明抵挡不住盛情硬被拉去休息。莲花岛御景园 VIP 休闲房让明像刘姥姥进大观园似的，眼花缭乱、扑朔迷离……忽听清脆悦耳的叫餐铃声，把明从豪华养生床美梦中惊醒。明睁开眼，忙梳妆打扮完后，拎皮包往外走。一开门正和公司老总撞个满怀，老总满脸横肉笑得核桃似的，把一个鼓鼓的信封送到她手中。明想起董工的话，急忙把手往背后缩，并说使不得。老总扑上前欲抱住明，把东西往她包里塞。明一阵恶心，一把推开他，从信封里掉出的钱洒落一地毯……

评审会结束后，公司招待自助餐，有莲子酒、花雕酒、老米酒；有该公司研发的通芯莲、莲藕粉、莲子汁、莲芯茶、莲蓉食品等与荷相关的系列产品；还有明爱吃的海蟹、三文鱼、老虎斑等海鲜，应有尽有……

虽美味珍馐，养生琼浆，董工和明技术员用餐并不愉快，他俩面对大家把杯问盏，笑得很不自然。夜幕降临，谢过告辞。公司老总又笑得核桃似的望望明，伸出双手紧握董工的手送别并致歉地说："多多关照！多多包涵！"小刚则呈上一份评审费给董工，说："小意思，请笑纳。"

老总把小刚拉到一旁，望着他稚气清秀的脸，点着他青丝闪亮的脑袋压低声音说："搞不定明女士我让你下课……"

小刚绞尽脑汁，打听到明技术员这个荷花妹雅号的女士爱荷花，特意送给她一盒名为"濯清涟而不妖"的精美荷花图明信片礼品。

明回到家中，已是深夜。她想欣赏礼品，便打开层层包装的荷花图明信片盒子，一看，把她惊呆了！里面露出厚厚一沓新版百元大钞。

第二天，董工带着礼品驾驶着私家车，直奔荷花塘生态园工程地……

神 针

只见她嘴巴已经端端正正地回复到原来的位置，那个好看的薄薄的红红的嘴唇又显现在她的面前。王太婆眨着眼睛深情地望着自己的亲闺女，张合自如，晚上能紧闭双眼，酣然入梦；伶俐的口齿，嘹亮的声音，清晰的表达不逊色于年轻人。

王太婆今年八十有五。夏末初秋，天气燥热。人们发现她和老伴一起出门时，总是用一块方纱巾遮着嘴脸，和老伴紧紧牵着手，还戴着一副茶色眼镜，搞得很时尚又很奇怪的样子。

在 W 市医院住院部综合楼 1608 病房，2 号病床上王太婆坐卧不安，她盼望亲友，又怕见亲友。王太婆结结巴巴地对闺女兰兰说："我这样子见不得人了，人家都会瞧不起我的，来看望我的人看起来都不是那么亲热了，连你对我都是那个样子……我巴不得早点去死了算了。可我就是放心不下你爸爸，你看他也蛮怂的。我死了别人会欺负他的，要他到你屋里去，也不晓得你们要不要他？"

王太婆老伴明年 90 岁了。今天，他天不亮就起床了，准备了一大堆洗漱日用品和王太婆的换洗衣物，拎着蛮大一袋子出门，艰难地下楼。天气秋老虎，燥热难耐，他在街上提着物品等了许久才拦到出租车。他不听亲人的劝说，硬是坚持每天早早赶到病房来守候和照顾老伴。此时，他坐在老伴病床旁的一把靠背椅上，默默无语。

兰兰她小姨提着一保温桶的煨好的汤，还未进病房就连声叫："姐姐，姐姐！"兰兰迎了出来，接过小姨手里的东西，并和她耳语了几句。小姨焦急的目光望着兰兰说："兰兰，你妈妈昨天住的院，医生诊断结果是面瘫。昨天你们都出差在外，我就陪你妈妈做了各项检查，情况不太好，小毛病蛮多的，大问题就怕是……""是什么？"兰兰对当过主任护士的小姨的话很信服。小姨半信半疑地说："可能会发展成小中风、失语和其他并发症，这是主治医生华医生估计的。"兰兰一脸迷茫，沮丧、悲凉和恐慌。

从此，王太婆每天便由护士给她打营养神经的针。

一天过去了，王太婆的嘴还是歪着，都翘到右边脸上去了。她当了一辈子人民教师和学校班主任的名师，对自己讲台上的形象总是一丝不苟的。这下毁了面容，是她最忌讳的。又一天过去了，王太婆的眼睛仍然闭不上，整晚上一只眼只能睁着睡觉，一直处于半睡眠状态；再一天过去了，素有王铁嘴之称的王老师，别说是站在讲台上口若悬河、洪亮流利地讲课，就连日常的对话都吐词不清、词不达意了……

亲朋好友都轮流来看望和照顾王太婆，大家都纷纷分析原因，和医生探讨着治疗方案。

兰兰心急如焚，看在眼里，痛在心上，四方求医问药。功夫不负有心人，一个出租车司机对兰兰说出了他治好面瘫的秘方。兰兰舅妈也不顾自己有病在身，长途跋涉赶来看望姐姐，主要急于向医生说明她的弟媳妇如何治好面瘫的情况……

第二天上午，华医生，这位视病人为亲人、被人称为"华一针"的主治医生就开始考虑和调整治疗方案。他想，对于面瘫，以口角向一侧歪斜，眼睑闭合不全为主症表现的，针灸治疗是会有很好疗效的。能祛风通络、调经疏络，应作为治疗首选。华医生拍拍脑袋，后悔地自言自语道："唉，我先怎么没想到呢，这是我的失误，我要向王老太道歉！"经过医生护士治疗小组讨论决定，对王太婆采用中医针灸疗法。这一方案正和司机讲述的秘方，舅妈提供的疗法以及小姨多年的经验不谋而合。

这天中午，小姨就决定要带高龄的姐姐到医院五楼中医科扎针灸去。火炉城天气炎热程度对一个十分爱出汗，且从小到老都晕针的病患者来讲，考验可想而知。临去扎针前，母女俩对望着，王太婆眼里有了泪，她说："我这样还活着干什么？连累一屋的人，我自己也不像个人。"兰兰心如刀绞，她一边安慰爸爸并且教他如何自己叫滴滴出行乘车，一边想去护送照看妈妈，给她鼓劲。妈妈却说："伢你莫管我，有你小姨咧，你下午不是要开会嘛，赶快回单位，莫迟到了……"

到了针灸室，小姨从姐腋下把她紧紧抱住，华医生持针既稳又准。面对 13 根又细又长的银针，扎在王太婆脸上的阳白穴、颊车穴、地仓穴、天正穴、太阳穴等穴位。接触了一辈子病人的护士小姨亲眼见到亲姐姐遭受此罪，真有点不寒而栗的感觉。王太婆头上冒着汗，全身颤抖，但她却顽强地一声不吭。华医生见此也被感动了，他鼓励王老太说："再坚持 25 分钟，然后再做 15 分钟的超短波……"

经过了二九一十八次中医针灸治疗后，王太婆可以回家休养了。她老老实实地遵循医嘱：面部避免风寒，戴口罩外出，如果眼睑闭合不全，可戴眼罩防护，或者滴眼药水，以防止眼部感染。

又经过了十天半月，当兰兰再次去看望妈妈王太婆时，只见她嘴巴已经端端正正地回复到原来的位置，那个好看的薄薄的红红的嘴唇又显现在她的面前。王太婆眨着眼睛深情地望着自己的亲闺女，张合自如，晚上能紧闭双眼，酣然入梦；伶俐的口齿，嘹亮的声音，清晰的表达不逊色于年轻人。至此，当年王老师的风采又找回来了。兰兰不敢相信自己的眼睛。她猛地眨了眨眼，又看了看，她真的看清楚了这不是在做梦。"这真是奇迹呀！"兰兰惊呼。她拥抱着妈妈，泪水滑落双颊。

在 W 市医院中医科，一面鲜红的锦旗上黄灿灿的"神针"二字格外醒目。